黑男孩

[美] 科尔森·怀特黑德 著
林晓筱 译

The Nickel Boys

浙江人民出版社

只 为 优 质 阅 读

好
读
———
Goodreads

献给理查德·纳什

Contents 目 录

序　章　　　　　　　/ 1

第一部分　　　　　　/ 7

第二部分　　　　　　/ 47

第三部分　　　　　　/ 153

尾　声　　　　　　　/ 231

致　谢　　　　　　　/ 242

译后记　　　　　　　/ 245

序　章

男孩们即便死了，依旧是麻烦。

在尼克尔校园北侧，旧仓房和学校垃圾场之间的一亩稀稀拉拉的杂草地里，有一块隐秘的墓地。学校兴办乳品业，向当地消费者出售牛奶时——佛罗里达州为减轻纳税人扶养这些男孩的负担所采取的诸多方案之一——这里还是一片牧场。办公园区里的开发商们打算将这里打造成一个午餐广场，广场上会有四处水景设施和一个用于临时演出活动的水泥舞台。对于等待环境勘测报告核准的房地产公司来说，发现尸体是一件费钱又复杂的事儿，对刚刚结束一项虐待案件调查的州检察官来说，同样如此。现在，他们不得不开启一轮新的调查，来核实死者的身份和死亡方式，但是，关于这鬼地方什么时候会被铲平、清理，干干净净地从历史中抹去，依旧没有准确消息，虽然大家早就认为该这么做了。

所有男孩都知道那块腐臭的地方。在第一个男孩被塞进装土豆的袋子里扔到这儿数十年之后，南佛罗里达大学的一个学生才将情况公之于众。人们问起乔迪是怎么发现这块墓地的,她说:"这里的土壤看起来不对劲。"这里土层凹陷,杂草丛生。几个月来,乔迪和大学里其他考古专业的学生一直在挖掘这所学校的官方墓地。遗体得到妥善安置之前,州政府无法处置这块地方,考古专业的学生也需要修田野实践的学分。他们用木桩和铁丝将这块区域划分为不同的搜寻网格,并用手铲和重型设备进行挖掘。土壤过筛之后,散乱地留在托盘上的是些难以言喻的东西——尸骨、皮带扣、饮料瓶。

尼克尔男孩把官方墓地叫作"靴丘",这个名字是他们从周六的日场电影里学来的,那时他们还没有被送到这所教养院来,尚有这样的消遣时光。数代之后,这个名字仍然留在南佛罗里达学生的记忆中,即便他们这辈子都没有看过一部西部片。"靴丘"就坐落在校园北侧的大斜坡上。明亮的午后,阳光照在这块墓园的标志物——"X"形白色水泥架上。三分之二的水泥架上刻着名字,剩余的则一片空白。确认死者的身份没那么容易,但是年轻的考古学家们相互之间展开的竞赛,还是使调查取得了不断的进展。学校的档案不全且杂乱,但范围还是缩小到1954年一个叫威利的人身上。烧焦的残骸是在1921年那场寝室火灾中丧生的人留下的。死者的DNA与其在世家属的匹配上了——那些大学生尚能找到的成员——将已过世之人与生者的世界,那个他们消失后,依然如旧的世界,重新连接起来。在四十三具尸体中,还有七具无名可查。

考古专业的学生们将白色的水泥十字架堆在发掘现场旁边的土堆上。一天早上，他们回来工作的时候，却发现有人把这些十字架砸得粉碎。

"靴丘"将男孩们一个接一个地"释放"。乔迪在冲洗从一个壕沟里挖出的人工制品时，无意中发现了第一块残骸，她感到无比兴奋。但卡梅恩教授告诉她，她手中的这节细长的骨头看起来很像浣熊或者其他小动物的。那块隐秘的墓地给考古工作带来了转机。乔迪是在发掘现场寻找手机信号时发现这块墓地的。基于"靴丘"的种种反常现象——遗骸多处骨折、带坑洞的头骨、被铅弹打得千疮百孔的肋骨，教授证实了她的预感。如果官方墓地里发现的残骸尚且可疑，那些被弃于无名荒地的人又曾遭遇了什么？两天之后，在寻尸犬和雷达成像仪的帮助下，情况得到了确认。没有白色十字架，没有姓名，只有等待被人找到的尸骨。

"他们竟然把这里称作学校。"卡梅恩教授说。一亩地，一片尘土，可以掩埋太多东西。

其中一个男孩或他们的某个亲戚向媒体泄露了消息。在所有采访结束后，考古专业的学生们当即就与其中几个男孩建立了联系。这些男孩让学生们想起了老街区里那些脾气火暴的叔叔和冷漠疏远的邻居，一旦你了解这些人之后，他们可能会变得温和宽厚，但心中永不退缩的坚毅从未丢失。学生们把发现的第二块埋葬地点告诉了那些男孩，也将这一消息告诉了被挖出的孩子的家属，随后，塔拉哈西的一家电视台派出了一名记者。之前，很多男孩都曾谈起过隐秘的墓地，但就像在尼克尔发生过的一样，直到有别人说起，人们才真正相信。

这起事件经全国性的报纸披露后，人们才第一次真正注意到这所教养院。尼克尔已经关门三年了，里面一片荒芜，一些不良少年蓄意破坏的痕迹更是随处可见。即使是最无害的地方——食堂或者足球场——也透着凶险，根本无须摄影技术的渲染。镜头让人感到不安。各个角落匍匐着颤动的阴影，每一处污渍或痕迹看着都像干掉的血迹。摄影机捕捉到的每一帧画面仿佛都暴露出这里黑暗的本质，可见的尼克尔映入眼帘之后，不可见的尼克尔便浮现出来。

如果发生在无害地区的一切尚且如此，那么鬼气森森的区域会是什么样呢？

尼克尔男孩比"十美分一支舞"还要便宜，有钱的话可以多找几个来——人们总说类似的话。最近几年，先前在这里待过的学生组织了一些互助小组，他们通过互联网得以重聚，并约好在餐馆和麦当劳见面。他们开一小时的车，围聚在某人的餐桌前。他们在自己的大脑想象中进行考古工作，从时光深处挖掘，让那些岁月留下的碎片和旧物重新浮现在人们眼前。每个人都有自己的故事。他曾说："我晚点来看你。"通向校舍地下室的台阶摇

摇晃晃的。鲜血在网球鞋里的脚趾间流淌。将这些记忆碎片拼接在一起，便是共同面对黑暗的证明：如果这对你来说是真的，那对别人来说也是一样，你不再孤单。

奥马哈的大个子约翰·哈迪是一名退休的地毯销售员，他听说了最近的新闻，为尼克尔男孩建了一个网站。他将发起新一轮调查的请愿活动进展，以及州政府致歉声明的进展通知大家。闪烁的电子仪记录着为筹建纪念碑募集的款项。给大个子约翰·哈迪发送电子邮件，说出你在尼克尔的故事，他就会附上你的照片把故事贴出来。分享链接给你的家人也是一种陈述方式——这就是造成今日之我的地方。这是一份说明，也是一个道歉。

周年聚会至今已举办了五届，虽奇怪，但又必要。男孩们现在成了老人，有了妻子或者前妻，有了说过或者没说过话的孩子，还有偶尔见过但面露警惕或者从未被允许见过的孙儿。离开尼克尔后，他们有的想尽办法勉强度日，有的再也没能融入普通人的生活。最后一批抽着你从未见过其牌子的香烟之人，在自助戒烟失败后，一直处在消失的边缘。他们要么死在了监狱里，要么尸体正在周租房中腐烂，要么喝了松节油后冻死在了森林里。人们聚集在埃莉诺花园酒店的会议室里闲聊，之后就坐上大巴去尼克尔教养院，踏上一段肃穆的旅程。在有些年月里，你会觉得自己很坚强，明知道这条水泥道通向凶险之地，却依旧会走上去，但有些年月里你就不会这样做。避开某栋楼，抑或直面它，这取决于那天早上你的心理准备。每次重聚后，大个子约翰都会将相关情况公布在网上，方便那些没来的人知晓。

纽约有一个叫埃尔伍德·柯蒂斯的尼克尔男孩。他时不时会上网搜索这所教养院的消息，想看看事件的进展，但是出于种种原因，他从不参加聚会，也不会在名单上添加自己的名字。有什么意义？都是成年人了。难道你还等着双方流泪，互递纸巾吗？有一个男孩贴出了一则往事：他曾把车停在斯宾塞的家门口，盯着窗户上屋内人的剪影看了好几个小时，直到说服自己放弃了复仇计划。他原本打算用自己的皮带抽打这个主管。埃尔伍德不知道他为什么放弃。应该继续做下去，坚持到底。

当他们发现那块隐秘的墓地时，他知道自己该回去了。电视节目里记者肩上的雪松枝条让他记起了皮肤的灼烧感，以及蝇钩[①]发出的刺耳声音。一切从未真正过去。永远不会。

[①] 蝇钩：一种垂钓用具，用力甩出去之后会发出尖锐的声音。

Part One
第一部分

第一章

　　1962年圣诞节那天，埃尔伍德收到了这辈子最好的礼物，尽管它灌输给他的理念毁了他。《马丁·路德·金在锡安山》是他仅有的一张唱片，这张唱片从未离开过唱盘。他的外婆哈丽特藏有一些福音唱片，只有当世界屡屡用新的方式刁难她时，她才会播放这些专辑，而埃尔伍德被禁止听摩城唱片①出品的音乐或类似的流行音乐，因为这些都是靡靡之音。那一年他收到的其他礼物都是衣服——一件崭新的红毛衣，几双袜子——当然，这些衣服他都穿破了，但是没有什么东西能像这张唱片一样，历久弥新。岁月在唱片上留下的每一道刮痕，唱片发出的每一记跳帧声，都标记着他的启蒙，记载着他每次从这位传道者的言辞中获得的全新领悟。那是真理发出的噼啪声。

　　埃尔伍德家没有电视机，但是金博士的演讲就是一部鲜活的

---

　　① 摩城唱片（Motown）：非裔美国人戈迪于20世纪60年代为了与白人的音乐叫板而创立的一家唱片公司。该公司发行了许多由黑人创作并演唱的摇滚乐和流行乐，从而成了当时黑人青年亚文化运动的重要推动力。

编年史——其中包括黑人过去的遭遇和未来要面对的一切——使得这张唱片足以与电视机相媲美。它甚至比电视机更好，更恢宏，就像他曾两次去戴维斯汽车餐厅看到的那块巨型屏幕一样。埃尔伍德看到了一切：非洲人遭受白人所犯下的奴役之罪的迫害，黑人受到种族隔离的羞辱和压迫，当所有因种族而封闭的地方被打开时，光明的未来便会到来。

马丁·路德·金在底特律、夏洛特和蒙哥马利的演讲全都被收录进了这张唱片，它将埃尔伍德与遍布全美国的民权斗争联系在一起。其中一次演讲甚至让他产生了自己是金的家人的感觉。每个孩子都听说过游乐小镇[1]，要么去过那里，要么嫉妒去过那里的孩子。在这张唱片A面的第三则演讲中，金博士谈道，他的女儿曾多么渴望去位于亚特兰大市斯图尔特大道的游乐园玩。尤兰达[2]每每在高速公路看到游乐园的巨大招牌，或在电视上看到游乐园的广告时，都会恳求父母带她去那里玩。金博士则会用他那低沉、悲伤的语调喃喃地对她说，种族隔离制度将有色皮肤的男孩和女孩隔离在栅栏的另一边。他向她解释说，一些思想被误导的白人——并非所有白人，但持这种观点的白人不在少数——强化了这个制度，并赋予其意义。他劝说女儿抵抗仇恨带来的苦

---

[1] 游乐小镇（fun town）：马丁·路德·金在演讲中提到的只对白人小孩开放的游乐场。

[2] 尤兰达：马丁·路德·金的女儿。

涩和诱惑，并向她保证说："尽管你不能去游乐小镇玩，但我希望你能明白，你和那些能去的孩子一样优秀。"

埃尔伍德就是这样——他与别人一样优秀。他住在距离亚特兰大以南两百三十英里①开外的塔拉哈西市。有时，他去佐治亚州走亲戚时，会看到游乐小镇的广告：刺激的过山车和欢快的音乐；兴高采烈的白人小孩在"野鼠过山车"或"迪克迷你高尔夫"前排起了队；游客在"登月火箭"里扣上安全带，踏上"月球之旅"。广告上说，凭优异的成绩单，就可免费游览，只要你的老师在成绩单上盖上红色的记号就行。埃尔伍德在所有考试中都得了"A"，并留着一叠成绩单，等到金博士承诺的对所有上帝的孩子开放游乐小镇的那一天到来时，他会将它们拿出来作为证明。"到时候我有一个月的时间，可以天天免费去玩，不着急。"他躺在前厅的地毯上，一边用拇指摸着地毯上破旧的补丁，一边对他的外婆说道。

他的外婆哈丽特在里士满酒店上次装修后，从后巷里把这块补无可补的地毯捡回来废物利用。她房间里的写字台、埃尔伍德床边的小桌子，外加三盏台灯都是里士满酒店丢弃的东西。哈丽特自十四岁起就在酒店里干活，当时她随她母亲一起当起了清洁工。酒店经理帕克先生明确说过，等埃尔伍德进了高中，只要他

---

① 英里：1英里≈1.61千米。

愿意，随时可以来酒店当门童，因为他是个聪明孩子。后来这个男孩去了马可尼烟草和雪茄店上班，这位白人的希望也就落了空。帕克先生对他们家一直很好，哪怕是在埃尔伍德的母亲因偷东西被开除之后。

埃尔伍德喜欢里士满酒店，也喜欢帕克先生，但是往酒店里安排家里的第四代人，让他有点不安，这种感觉他不知道该怎么形容，连百科全书里也找不到答案。小时候，他放学后就坐在酒店厨房里的一个条板箱上看漫画书和"哈迪男孩"①系列丛书，而他的外婆则在楼上做整理和擦洗的工作。双亲去世之后，相较于把他独自扔在家里，外婆更喜欢把九岁大的埃尔伍德带在身边。看到埃尔伍德和厨房帮工待在一起，她不禁想到，这些午后时光也是一种特殊的教育：身边有人围着对他有好处。厨师和服务员把这个孩子当吉祥物，他们和他一起玩"躲猫猫"，并在各种话题里向他传授老掉牙的处世智慧：白人的处事方式、如何与好交际的姑娘打交道，以及在房子里藏钱的策略。埃尔伍德大多数时间里听不懂大人们说的是什么，但会在回去读那些冒险故事之前，煞有介事地点点头。

在大家忙完之后，埃尔伍德有时会和洗碗工比谁的盘子擦得多，而洗碗工出于好心，会对他展现出的娴熟技艺摆出一副挫败

---

① 哈迪男孩：美国20世纪较为流行的冒险类少儿读物。

的样子来。他们喜欢看到他每次赢得比赛后露出的笑容和异常兴奋的样子。随后，员工"大换血"。市中心新开张的酒店来挖墙脚，厨师来的来走的走，厨房遭水害后重新开张时，一些服务员也没有回来。人员变动后，埃尔伍德的比赛也变了味：新来的洗碗工私下听人说，有一个清洁女工的外孙会帮你做事，只要你告诉他这是一场游戏，装得像一点儿就行。这个一本正经的男孩是谁？——别人都忙得不可开交，他却到处闲逛；像小狗一样被帕克先生轻抚脑门；不关心其他事，只埋头于漫画书。厨房里的新人给这个年轻人上了不同类型的课，向他灌输他们从这个世界学到的东西。埃尔伍德依旧没有意识到，比赛的前提变了。当他发起一场挑战时，厨房里的每个人都忍着不笑出声来。

埃尔伍德十二岁时，百科全书出现了。一个餐馆工拉着一堆盒子进了厨房，并叫大家一起来瞧瞧。埃尔伍德挤进人群——旅行推销员在楼上的一间房子里遗落下了一套百科全书。总听人说有钱的白人会在房间里留下各种贵重的东西，但这样的意外之财很少落到他们手中。厨师巴尼打开最上面的那个盒子，举起了那本皮面装订的《费希尔世界百科全书：Aa-Be卷》。他把书递给埃尔伍德，书的重量让埃尔伍德很惊讶——简直就是一块红砖。男孩翻动书页，眯着眼看上面细小的单词——爱琴海、阿基米德、阿尔戈英雄——脑海中浮现出这样一幅场景来：他坐在前厅的沙发上，抄写自己喜欢的单词。这些单词不是长得有趣，就是他想象的发音有趣。

餐馆工科里打算将他发现的这套书贡献出来——他不识字，并且最近也没有认字的打算。埃尔伍德说他想要。考虑到厨房的整体情况，实难想象还有谁会想要这套百科全书。随后，皮特——新来的洗碗工——站出来说，他想和埃尔伍德争这套书。

皮特是一个笨拙的得克萨斯人，两个月前刚来这里工作。他起初是负责收盘子的，但在一些事故之后，被调到厨房。他工作时总左顾右盼，像是担心被别人监视一样，此外，尽管他不太爱说话，但久而久之，他沙哑的笑声还是引得厨房里的其他人拿笑话逗他笑。皮特在裤子上擦了擦手后说："如果你愿意的话，我们在晚班前还有点时间。"

于是，厨房为了这套书展开了一场比赛，其规模前所未有。他们拿来一只秒表，把它交给伦恩，他是一个头发灰白的服务员，已经在酒店工作了二十多年。一身黑色的制服打理得一丝不苟，他坚持认为自己是餐厅穿着最为得体的人，让来这里的白人老主顾都会自惭形秽。凭借对细节的关注，他没准儿会成为一名敬业的裁判。在埃尔伍德和皮特的监督下，一百只盘子在经过一定时间的浸泡后，被分成了两摞。两名餐馆工被任命为这场"决斗"的副手，随时准备在有需要时将替换的抹布递给两人。厨房门口站着一个把风的人，以防经理突然出现。

埃尔伍德虽不是一个喜欢虚张声势的人，但四年以来从未在擦盘子比赛中输过,所以他脸上洋溢着自信。皮特则一副专心致志的架势。埃尔伍德并不把这位得克萨斯人放在眼里,因为在先前与这人的比赛中他都取得了胜利。总体来说,皮特还算是个输得起的人。

伦恩倒数十个数,随后他们就开始了。埃尔伍德坚持用长年不断精进的技艺进行比赛,动作机械且轻柔。他从未失手滑落过一只湿盘子,也没有因放盘入柜的动作过快而将它磕破过。在厨房工作人员的加油声中,皮特那一边的干盘子数量渐增,这让埃尔伍德焦虑起来。观众发出惊叹声,埃尔伍德加快动作,追赶着头脑中想象出来的在前厅翻看百科全书的画面。

伦恩说:"时间到!"

埃尔伍德以一只盘子的优势取胜。人们叫喊着,嬉笑着,相互交换眼神,其中的意味埃尔伍德后来才明白。

一个叫哈罗德的餐馆工拍了拍埃尔伍德的后背说:"机灵鬼,你天生就是一块洗盘子的料。"厨房里的人都笑了起来。

埃尔伍德把《费希尔世界百科全书:Aa-Be卷》放回了盒子里。这真是一件奇特的奖品。

"这是你应得的,"皮特说,"我希望你能获益良多。"

埃尔伍德让后勤部经理转告外婆,他打算回家了。他等不及想看看她发现书架上放着考究、高级的百科全书时,脸上的表情。他拱起背,拖着这些盒子朝田纳西街的公交车站走去。若从街对面看他——这个一本正经的小伙子正搬运着装载世界知识的货物——如果埃尔伍德是白皮肤的话,他活脱脱就是诺曼·洛克威尔[①]画笔下的人物。

到家后,他清空了放在前厅绿色书架上的"哈迪男孩"系列丛书和"汤姆·斯威夫特"系列丛书,随后打开了盒子。他在看到"Ga"卷时停了下来,好奇费希尔公司的那帮聪明人是如何解释"银河系"这个词的。页面上一个字也没有——每一页都是。除了他在厨房打开的那一本之外,第一个盒子里装的每一本书都是空白的。随后他又打开另外两个盒子,脸渐渐红了起来。所有的书都是空白的。

外婆到家之后,摇了摇头,对他说,这些书可能都是残次品,或者是推销员拿给顾客当样书的仿制品,这样顾客就可以看到全套书放在家里的效果。那晚,他躺在床上,思绪就像一个奇妙的装置般嘀嗒作响。他突然想到,那个餐馆工以及厨房里的所有人都知道这些书是空白的。他们演了一出戏。

不过,他还是把这套书放到了书架上。虽然湿气让封面起了卷——封面的皮革是假的——但它们看上去依旧引人入胜。

第二天下午,他最后一次出现在饭店的厨房里。所有人都聚

[①] 诺曼·洛克威尔(Norman Rockwell,1894—1978年):美国20世纪早期的插画家。

精会神地盯着他的脸。科里试探性地问了句："你喜不喜欢那些书？"说完后等待他的回应。皮特站在水槽边，脸上挂着一丝仿佛用小刀在下巴上划出来的微笑。他们早就知道。外婆认为他已经长大了，可以独自一人待在家里。整个高中时期，他一遍遍地回想，那些洗碗工一直以来是否都是故意让他赢的。他曾经对自己的能力感到那么自豪，结果却发现是自己很傻很天真。在踏入尼克尔之前，他从未就这一问题得出过结论，这所学校让竞争的真相变得难以回避。

第二章

告别厨房意味着告别独属于他的自娱自乐的游戏：每当餐厅的门打开时，他都会赌一下门外是否会出现黑人顾客。根据"布朗诉托皮卡教育局案"①，学校必须废除种族隔离——所有无形的墙的倒塌只是时间问题。收音机里宣布最高法院裁决结果的那一晚，他的外婆叫得像热汤洒到了大腿上一样。她控制住自己，拉了拉裙子说："吉姆·克劳②不会就此罢休的。他本性邪恶。"

裁决判定后的那个早上，太阳照常升起，一切并没有什么不同。埃尔伍德问外婆，黑人什么时候才能住进里士满酒店。她回

---

① 布朗诉托皮卡教育局案（Brown v. Board of Education）：美国历史上一起具有重大意义的诉讼案，该案件主要讨论的是种族隔离在公立学校教育中所产生的影响，对教育上的种族平权产生了重大意义。

② 吉姆·克劳（Jim Crow）：美国剧作家T.D.赖斯于1828年创作的剧目中的一个黑人角色的名字，后来逐渐变成贬抑黑人的称号和黑人遭受种族隔离的代名词。这里外婆所说的吉姆·克劳其实指的是"吉姆·克劳法"，泛指1876年至1965年美国南部各州以及边境各州对有色人种实行种族隔离的法律。

答说，告诉人们去做正确的事儿是一码事儿，真正去落实则是另一码事儿。她列出了埃尔伍德的一些行为来佐证她的观点，他点了点头：或许就是这个理儿。不过，门迟早会打开，一张棕色的面孔——一位来塔拉哈西市做生意的衣冠楚楚的商人，或一位来镇上观光的贵妇人——会来这里享受厨师烹制的喷香美食。他对此毫不怀疑。他九岁时就开始玩这个游戏了，三年后，他在餐厅看到的有色人种，只是那些端着盘子和饮料或拿着拖把的人。他一直在玩这个游戏，一直坚持到他结束在里士满酒店工作的那个下午。至于他在这个游戏中的对手，是自身的愚蠢，还是与这个世界的扞格不通，就不得而知了。

并非只有帕克先生才把埃尔伍德当成一名出色的员工。白人一直在向埃尔伍德提供工作机会，因为他们觉察到了他勤勉的本性、稳重的性格，抑或至少觉察到了他对待自己的方式与别的同龄黑人不同，并且把这种不同倾注到了他的工作之中。麦科姆大街的烟草店老板马可尼先生自埃尔伍德小时候起，就看着他坐在已经锈了一半的嘈杂车厢里尖叫。埃尔伍德的母亲是个身材瘦弱的女人，长着一对疲惫的深色眼睛，她从来不会去安抚自己的孩子。她会买一大堆电影杂志，然后消失在大街上，埃尔伍德则会哭闹不停。

马可尼先生几乎很少离开冷气口的休息处。他身材矮壮，好出汗，留一头梳得很低的背头，长着稀疏的黑胡子，这副打扮到

19

了夜晚势必变得凌乱。店铺前面弥漫着他护发素的浓郁味道，这给炎热的午后留下了一缕芳香的踪迹。马可尼先生在座位上看着埃尔伍德一天天长大，越来越向他自己的世界靠拢，与周围的孩子渐行渐远。那些孩子依旧是老样子，在走廊里吵吵闹闹，觉得马可尼先生看不到他们的时候，把"红迷"糖偷偷塞进工装裤里。马可尼先生把一切尽收眼底，只是什么也不说。

埃尔伍德是他在弗伦奇敦①的第二代顾客。1942年，马可尼先生在军事基地落成的几个月之后，挂上了店铺的招牌。每周末，黑人士兵从戈登·约翰逊营地②或马布里空军基地③坐公交车来到弗伦奇敦，在这里玩个天翻地覆之后，再无精打采地回去备战训练。他的亲戚把生意做到了市中心，还挺红火，不过，一个深谙种族隔离经济学的白人则可以大赚一笔。离马可尼的店铺几个门脸之外是蓝铃花酒店。街角处则是提普托普酒吧和玛丽贝丽台球房。他出售各类货真价实的烟草和铁盒装的罗密欧牌安全套。

战争结束后，他立马把雪茄撤了柜，将墙壁重新粉刷成白

---

① 弗伦奇敦：位于美国新泽西州亨特顿县的一个自治市镇。
② 戈登·约翰逊营地（Camp Gordon Johnston）：位于加利福尼亚州的卡拉贝尔市，它是美国于1942年备战第二次世界大战时建立的军事训练营。
③ 马布里空军基地（Dale Mabry Army Airfield）：位于佛罗里达州的塔拉哈西市，是美国备战第二次世界大战时建立的一座空军基地，于1946年停用，后来变成民用机场。

色，添置了杂志货架、便宜的糖果和一台冰饮柜，此举让这家店的名声大为改观。他雇了帮手。其实他并不需要店员，但是他的妻子喜欢对别人说他雇了人，而他也意识到这样会让这家店在弗伦奇敦的上流黑人社会变得更受欢迎。

烟草店的长期员工文森特入伍时，埃尔伍德才十三岁。文森特向来不是最用心的员工，但他动作麻利，衣着得体，这两点是马可尼先生看重的品质，即使他自己并不具备。文森特在店里工作的最后一天，埃尔伍德如同大多数午后一样在漫画书架前闲逛。他有一个古怪的癖好，喜欢在买书之前把每一本都看一遍，随后把碰过的漫画书全都买下。马可尼先生问他，既然这些书无论好坏你都会买下它们，那为什么还要事先全都看一遍呢？埃尔伍德说："只是确认一下。"店主问他需不需要工作。埃尔伍德合上《神秘之旅》说，他得去问问外婆。

哈丽特有一大堆规矩，规定了哪些事儿能做，哪些事儿不能做，有时埃尔伍德只有通过犯错才知道某件事情能不能做。他一直等到用完晚餐，吃完炸鲇鱼、腌菜，外婆起身收拾时才向她征求意见。这一次，她的意见很明确，尽管她的叔叔艾比抽过雪茄，瞧瞧他抽雪茄后都变成了什么样；尽管麦科姆大街的历史就是一座恶习实验室；尽管几十年前她曾遭受过一个意大利售货员的粗暴对待，至今仍心怀怨恨。她擦了擦手说："他和我遇到的那个意大利人应该没有关系，要有的话，也是远房亲戚。"

她允许埃尔伍德利用课后和周末的时间去商店打工，每周会从他的薪水中抽出一半来贴补家用，另一半存着供他以后念大学。去年夏天，他曾无意间提起过要去大学念书，当时他还意识不到这句话的意义所在。"布朗诉托皮卡教育局案"前景不明，而哈丽特家的一员想要接受高等教育，这简直就是一个奇迹。在这样的念头面前，任何去烟草店打工的顾虑都被打消了。

埃尔伍德把放在铁丝架上的报纸和漫画书收拾了一下，掸了掸蒙在那些不受欢迎的糖果上面的灰尘，确保雪茄盒是按照马可尼先生的理念摆放的：他认为商品的摆放能够"刺激人们头脑中产生幸福感的那部分"。他依旧在漫画书周围逗留，仿佛处理炸药一般小心翼翼地阅读这些书，不过，那些新闻杂志吸引了他的注意。《生活》杂志对他产生了极强的影响。每周四，一辆白色的大货车会丢下一摞《生活》杂志——埃尔伍德已经熟悉了它的刹车声。一旦整理好要回收的杂志，摆放好新进的杂志，他就会蹲坐在台阶上，跟随杂志上的最新内容，游历美国那些未被了解的角落。

他了解到黑人在弗伦奇敦的抗争，在他的社区以外的地方，白人的法律接管了一切。《生活》杂志上的配图文章向他传达了前沿消息，包括巴吞鲁日抵制公交车事件，以及格林斯伯勒静坐抗议事件，格林斯伯勒那些比他大不了几岁的年轻人是这场运动的主力。这些年轻人遭到铁棍的殴打、消防水管的冲击，被怒目圆睁的白人家庭主妇吐口水，被照相机定格在高贵的抵抗画面中。每一处细节都是一场奇观：在席卷的暴虐中，小伙子的领带依然如直挺挺的黑色箭矢，姑娘那完美的发型浮动在举起的抗议标语上。即便鲜血在他们脸上流淌，他们却魅力依旧。年轻的骑士勇斗恶龙。埃尔伍德长着窄窄的肩膀，瘦得像一只鸽子，他担心他的眼镜会被打碎，这副眼镜很贵，他好几次梦到它被警棍、铁熨斗或者棒球棒拍得碎成两半，但是他依旧想要参与抗争。他别无选择。

他利用休息时间翻看杂志。埃尔伍德在马可尼烟草店的工作经历，让他知道自己想要成为什么样的人，也让他与他原本就不是的那类弗伦奇敦男孩区别开来。他的外婆以前一直引导着他，不让他与当地的孩子瞎胡闹，这些孩子在她看来就是一群无赖，难以管教。烟草店就像酒店的厨房一样，是一块安全的避难所。所有人都知道哈丽特对他管教严格，他成为住在布雷瓦德街上的家长们口中的"别人家的孩子"。曾与他玩"牛仔和印第安人"游戏的男孩们，时不时地会在街上追赶他或者朝他丢石头，这样的行为与其说是恶作剧，倒不如说更多是出于愤怒。

与他同住在一个街区的人总会来马可尼的店里转转，于是他的工作和生活经常发生重叠。一天下午，托马斯太太随着门上的铃铛声走进烟草店。

"你好，托马斯太太，"埃尔伍德说，"那里有些冰的橘子汁。"

"我会买的,埃尔。"她说。托马斯太太是一个时尚行家,她今天下午穿着一身自制的带圆点的黄裙子,这是她从杂志上奥黛丽·赫本的照片中学来的。她很清楚,周围的女人很少会像她这样如此自信地穿着。她站定之后,很难让人不怀疑她是不是在摆姿势等待拍照。

托马斯太太是伊芙琳·柯蒂斯从小到大的闺密。在埃尔伍德最初的记忆里,还保留着夏天坐在妈妈的腿上,看她俩玩金罗美牌①的画面。他局促不安地盯着他母亲的牌,她告诉他天气太热了,别瞎捣乱。待她起身出门时,托马斯太太会偷偷让他嘬几口她喝的橘子汽水。他橘色的舌头暴露了两人的秘密,伊芙琳会在他俩咯咯笑时,半认真地责怪他们。埃尔伍德一直把那一天记在心里。

托马斯太太打开皮包,准备付两瓶汽水和这周的《尊翔》杂志的钱。"你在赶学校的功课吗?"

"是的,太太。"

"我不会让这个孩子太累的。"马可尼先生说。

"嗯。"托马斯太太说,语气中透着怀疑。弗伦奇敦的女士们还记得这家烟草店声名狼藉的岁月,并且认为这个意大利人是

---

① 金罗美牌:一种纸牌游戏,考验玩牌人的记忆力。

一起起家庭不和事件的帮凶。"你就按你所想的去做，埃尔。"她把找来的零钱收好，埃尔伍德目送她离开。他母亲将他俩都抛下了，即使她忘了给他写信，也不会忘记给托马斯太太寄明信片。或许有一天，托马斯太太会和他分享一些他母亲的近况。

马可尼先生会购进《尊翔》杂志，当然，还有《乌木》杂志。埃尔伍德让他进《危机》《芝加哥防卫者》以及其他黑人创办的报刊。外婆和她的朋友都订阅这类报刊，他感到奇怪，这家商店竟然不卖这些。

"你是对的。"马可尼先生说。他捏了捏嘴唇："我们以前会进这类杂志。我不知道最近发生了什么事。"

"那太好了。"埃尔伍德说道。

马可尼先生很久不关注主顾们的购买习惯了，埃尔伍德却记得是什么吸引着每一个人走进店里的。上一任店员文森特有时会说几句下流的笑话来活跃店里的气氛，但这并不意味着他有多么积极主动。埃尔伍德通过不断提醒马可尼先生哪一家烟草供货商在这一次配送时短了他们的量，哪一种糖果可以不再补货，从而牢牢掌握了主动权。马可尼先生很难区分弗伦奇敦的有色人种女士谁是谁——她们所有人在看他时都是一副愁眉苦脸的样子——而埃尔伍德因此成了得力的外交官。在这个男孩沉迷于杂志时，马可尼会盯着他，试图搞清楚他为何会这样痴迷。显然他的外婆性格坚毅。这个男孩脑子聪慧，工作努力，为他的种族争了光。

但是,埃尔伍德在做最简单的事情时却不太有脑子。他不知道什么时候该视而不见,让事情就那样过去,比如那些让人丢脸的事儿。

无论孩子们长着什么颜色的皮肤,他们都会偷糖果吃。马可尼先生自己,在无拘无束的青葱岁月里,也精心策划过各类傻事儿。你总会在这里或那里亏一点钱,但那可以算是一笔日常开销——孩子们虽然会在今天偷一块糖,但他们自己和朋友会在店里花好几年的钱。他们的父母也会如此。因为一些小事把他们赶到街上去,等到风言风语传开了,尤其是在像这样所有人都互相做生意的街区里传开,他们的父母就会因为尴尬不再上这里来了。默许孩子们偷窃几乎可以算是一项投资,他是这样认为的。

埃尔伍德在店里上班期间,渐渐有了不同的想法。在他来马可尼烟草店工作之前,他的朋友会幸灾乐祸地说起他们偷窃糖果的事儿,每当他们远离商店之后,就会一边咯咯地笑着,一边嚼着巴祖卡泡泡糖,吹出粉红色的泡泡来。埃尔伍德不参与这类事,对这类事也没什么感觉。马可尼先生雇用他之后,在说明拖把应该放在哪里、什么日子应该大量进货时,顺便阐明了自己对顺手牵羊这类事情的态度。在接下来的几个月里,埃尔伍德看到许多糖果落入男孩们的口袋里。他认识这些男孩。他们若发现他在看他们,没准儿还会向埃尔伍德眨眨眼。在这一年里,埃尔伍德什么也没说。但是,那天拉里和威利趁马可尼先生在柜台后面弯腰之际,抓起一把柠檬糖时,他再也忍不住了。

"放回去。"

那两个男孩愣住了。拉里和威利与埃尔伍德打小就认识。他俩还是小孩时就和埃尔伍德玩弹球和躲猫猫游戏,后来拉里在戴德大街的一块空地上放了火,威利留了两次级,他们就再也没有一起玩过。哈丽特把他俩从准许一起玩耍的玩伴名单上移除了。他们三家在弗伦奇敦有三代的交情。拉里的祖母和哈丽特同属于一个教会小组,而威利的父亲是埃尔伍德的父亲帕西的发小。他们一起坐船去当兵。威利的父亲现在每天坐着轮椅在门廊下消磨时间,抽着烟斗,每当埃尔伍德经过时,他都会挥挥手。

"放回去。"埃尔伍德说。

马可尼先生歪了歪脑袋表示:够了。两个男孩把糖果放了回去,郁闷地走出了店门。

他们知道埃尔伍德惯常走的路线。有时,当埃尔伍德骑着自行车回家,从拉里的窗前经过时,拉里会嘲笑他是个自命清高之辈。那一晚,他俩给他来了一个突然袭击。那时,天色刚暗,空气中混杂着玉兰花和浓郁的炸猪排的味道。他俩猛推了他一把,他的自行车就掉进了那个冬天县里刚铺好的沥青中。他们把埃尔伍德的毛衣撕了,把他的眼镜扔到了大街上。他俩一边揍他,拉里一边问埃尔伍德是不是一点人情都不懂,威利声称他需要好好上一课,然后接着打他。埃尔伍德身上各处都挨了揍,这没什么好说的。他没有哭。埃尔伍德是那种每当遇见街上两个小孩打架时,都会上去劝架并把事态平息下来的人。现在,他在将自己遇到的事儿平息下来。一个从街对面走来的老人阻止了他们,并问埃尔伍德是否要清理一下身子,或者喝一杯水。埃尔伍德拒绝了。

自行车脱了链,他就走回了家。哈丽特问起他的眼睛时,并没有追根究底。他摇了摇头。到了第二天早上,眼底铁青的肿块变成了一个血泡。

埃尔伍德不得不承认,拉里说的有道理:事实一次次证明,他似乎一点人情都不懂。他无法解释这一点,也想不通,直到《马丁·路德·金在锡安山》这张专辑给了他答案。**我们必须自内心深处相信,我们出类拔萃,我们意义非凡,我们无与伦比,我们必须带着尊严感,以及自己终有所成的信念,每日走在人生大道上。** 这张专辑一遍又一遍地播放,就像一个论据不断佐证它无懈可击的前提,金博士说的话在这间排屋的前厅回响。埃尔伍德专心地听着一种密语——金博士赋予了这种密语以形状、表达和意义。有一些强大的力量想让黑人抬不起头来,比如"吉姆·克劳法";还有一些微弱的力量想让你抬不起头来,比如别人。而面对这些力量时,无论它是大是小,你都得挺直腰板,不能忘记你是谁。百科全书上一个字也没有。有人面带微笑地要了你,让你变得空虚,另一些人则剥夺了你的自尊。你需要记住你是谁。

尊严感。那人说话的方式，伴着噼啪作响的那些声音：一股不可剥夺的力量。即便在你回家的路上，各种后果潜伏在黑暗的街角等待。他们殴打他，撕裂他的衣服，搞不懂他为何要维护一个白人。应该怎么和他们说呢？无论他们拿走的是一根棒棒糖还是一本漫画书，他们对马可尼先生的侵犯就是对埃尔伍德的侮辱。这么说并不是因为如同人们在教会里说的那样，攻击手足者就是在攻击自己，而是因为，对他来说，纵容就等于践踏他自己的尊严。无论马可尼先生是否告诉过他自己并不在意这些，这并不重要，无论当他的朋友们当着他的面行窃时，埃尔伍德是否说过一句话，这也不重要。直到它成为仅有的意义时，这才重要。

埃尔伍德就是这样——他与别人一样优秀。他被捕的那天，在副警长到来之前，电台刚好在播放一则欢乐小镇的广告。他哼着广告里的歌曲。他记得尤兰达·金六岁时，她的父亲曾告诉她有关游乐园以及让她待在栏杆外朝内观望的白人法律的真相。他们一直在朝另一个世界观望。埃尔伍德六岁时，父母撇下他走了，他曾想，这是他和她的另一个相似之处，因为就是在六岁时，他睁眼看到了世界。

第三章

开学的第一天,林肯高中的学生收到了对面白人高中捐赠的二手课本。白人学生在得知这些课本的归宿时,给它们的新主人留下了题词:**熏死人了!你们这帮黑鬼。吃屎吧**。九月是塔拉哈西的白人小孩学习各种新词的时候,这些新词就像衣服下摆和发型一样,一年一个变化。翻开生物课本介绍消化系统的那一页,上面写着羞辱性的句子:**滚开,黑鬼!**但随着学期的推进,林肯高中的学生们不再去关注那些咒骂的话和不礼貌的暗示。如果每一次侮辱都让你觉得置身阴沟,那这日子还怎么熬?人们只能集中注意力到自己的事儿上。

埃尔伍德读高三时,希尔先生来到这所高中工作。他向埃尔伍德和历史课上的其他同学问好,并把他的名字写在了黑板上。随后,希尔先生拿出了黑色记号笔,并告诉他的学生,他们要做的第一件事便是删去课本上所有的污言秽语。"我一看到这些字词就来气,"他说,"你们是来接受教育的——没必要去理会这群蠢蛋说的话。"埃尔伍德和其他学生一样,一开始动作很慢。

他们看了看课本，又看了看老师。随后，他们就用记号笔认真地涂抹起来。埃尔伍德感到头晕。他心跳加速：如此出格之举，为什么之前就没有人让他们做呢？

"确保不要漏掉一个字，"希尔先生说，"你们知道，这帮白人小孩是很狡猾的。"就在学生们涂抹污言秽语的时候，他对他们聊起自己的情况。他之前刚结束在蒙哥马利市的一所教育院校的学业，才搬来塔拉哈西市不久。去年夏天，他乘车从华盛顿特区来到塔拉哈西，以"自由乘客"①的身份第一次游历了整个佛罗里达。他参加过游行，在禁止黑人入座的餐台旁就座，等候服务。"我刚为游行做完许多工作，"他说，"正坐在那里等咖啡。"随后，警方以扰乱治安罪把他扔进了监狱。他不动声色地分享着这则故事，仿佛他做的是这个世上最自然不过的事儿一样。埃尔伍德心想，他是否在《生活》或者《芝加哥防卫者》上看到过希尔先生与伟大的运动领袖手挽手地站在一起，抑或与其他无名者一样，挺直身板，雄赳赳地站在后面的人群里。

希尔先生藏有各种各样的领结：圆点的，亮红色的，香蕉黄的。他那张宽阔、和蔼的脸庞在右眼那道新月状疤痕的映衬下，似乎显得更加和蔼了。这道疤是一个白人用铁熨斗给他留下的。

---

① 自由乘客：大多是大学生，黑人白人都有。他们搭乘灰狗公司和小径公司的客车在南部穿行，意在检视最高法院取消州际交通间种族隔离政策的落实情况。

当有人在一个午后问起他这道疤的来历时，他啃了一口梨，说："纳什维尔。"课上集中讲解的是美国内战以来的历史，但是只要一有机会，希尔先生就会引领学生关注当下，将一百年前发生的事情与时下的生活联系在一起。他们上课时会沿着一条路走，随后这条路会指引着他们回到家门前。

希尔先生发现埃尔伍德对民权斗争有着狂热的兴趣，于是在这个男孩插嘴时，给了他一个苦笑。林肯高中的其他老师都十分尊重这个男孩，庆幸他的脾气还算冷静。那些多年前教过他父母的老师很难拿他与他的父母相提并论——他虽然继承了父亲的姓，但身上一点儿也没有帕西那野性的魅力，也没有伊芙琳那令人不安的阴郁。午后的热意让全班昏昏欲睡，埃尔伍德在大家都要睡去的时刻，向老师建议讲讲"阿基米德"或"阿姆斯特丹"这两个词的意思，从而拯救了老师，这让老师对他感激不尽。这个男孩有一本应景的《费希尔世界百科全书：Aa-Be卷》，所以他就拿了出来，除此之外，他还能做什么？聊胜于无罢了。他跳着看这本书，书已经被翻烂了，他一遍遍重看他最喜欢的部分，仿佛这是他最喜欢的一本冒险故事。从一本故事书的角度来看，百科全书的情节是脱节的，也不完整，但依旧以它独特的方式让他感到兴奋。埃尔伍德在笔记本上记满了百科全书中的要点、定义和词源学的内容。后来，他发现，这种胡乱查找的行为是无用的。

高一结束时，同学们需要为一年一度的"奴隶解放日"戏剧寻觅一位新的主演，埃尔伍德很自然地成了他们的选择。托马斯·杰克逊曾宣布塔拉哈西的奴隶自由了，通过扮演他，埃尔伍德为自己踏上这条路做了准备。埃尔伍德认真地投入角色中，就像面对其他要承担的责任一样尽心尽力。在这部戏剧中，托马斯·杰克逊是糖料种植园的切割工，他逃了出去，在战争打响之际加入了联合军，归家时成了一名政治家。埃尔伍德每一年都要编排新的语调和身姿，独特的信念让这个角色变得鲜活，台词也不再那么生硬。"各位优秀的先生、女士，我很高兴地告知大家，挣脱奴隶制的枷锁，成为真正的美国人的时机——在经过这么久之后——终于到来了！"这出戏的编剧，一位生物老师，试图通过这部戏将他几年前的百老汇之旅的成果展示出来。

埃尔伍德扮演这个角色三年了，但在戏剧进行到高潮处——杰克逊亲吻心上人的脸颊时，他还是会一如既往地紧张。杰克逊和他的心上人将会结婚，并且可想而知，两人将会在全新的塔拉哈西过上幸福美满的生活。玛丽·吉恩的扮演者，有一次是长着雀斑和一张可人的圆脸的安妮，还有一次是龅牙嵌在下唇的比阿特丽斯，最后一次演出时，这个角色换成了比他高一英尺[①]的格洛丽亚·泰勒，他不得不踮起脚尖去亲吻她，心中满是焦虑，头

---

① 英尺：1英尺≈0.3米。

晕目眩。他在马可尼先生的店铺读书度过的日子，为他演说冗长的台词打下了基础，但是没有让他做好与林肯高中的棕色皮肤女孩交谈的准备，无论是在台上还是台下。

他读到并痴迷的那场运动曾遥不可及——而今，它悄悄靠近了。弗伦奇敦也有抗议活动，但是埃尔伍德年纪太小，不能参加。两位来自佛罗里达农工大学的女生发起抵制公交车运动时，他才十岁。他的外婆起初并不理解他们为什么要给这座城市带来骚乱，但没过几天，她就和其他人一样，拼车去酒店上班了。"莱昂县的所有人都疯了，"她说，"其中也包括我！"那年冬天，这座城市终于让黑人和白人一起乘坐公交车了，她上车后看见一个有色人种司机坐在方向盘后面。她可以想坐哪儿就坐哪儿了。

四年之后，这群学生决定坐在沃尔沃斯商场的便餐柜台时，埃尔伍德记得他的外婆咯咯地笑着赞同。在治安官拘捕了他们之后，她甚至捐了五十美分支持他们进行合法辩护。示威运动逐渐平息之后，她仍在抵制市区的商店，尽管谁也不清楚这种抵制在多大程度上是出于大家共同的心愿，还是她自己抗议高价的行为。1963年春天，有传言说大学生要去佛罗里达电影院抗议，要求给黑人开设座席。埃尔伍德有充分的理由认为，哈丽特会为他的挺身而出感到自豪。

但他想错了。哈丽特·约翰逊是一个瘦小如蜂鸟的女人，做每一件事都带有强烈的目的性。如果某事值得做——工作，吃饭，与他人交谈——那么，这件事她要么不做，要做就认真做。她在枕头底下藏了一把甘蔗刀，以防有人闯进来，埃尔伍德很难想象这位老妇人竟然什么都怕。但是，恐惧就是她变得更强的动力。

是的，哈丽特加入了抵制公交车的运动。她不得不这样做——她不能成为弗伦奇敦唯一乘坐公共交通的女人。但是，每次当"瘦子哈里森"把他那辆1957年款的凯迪拉克停好，她都会颤抖着与去往市区的其他女人一起挤在车后座。当静坐示威开始后，她满心欢喜地看到没人指望她公开表态。静坐示威是年轻人的活动，她没这心思。做出越界行为，就得付出代价。无论是上帝因为她拿了不属于自己的东西降怒于她，还是白人教唆她不要得寸进尺，哈丽特都要付出代价。她的父亲曾因在田纳西大道上没有避让一位白人女性而付出代价。她的丈夫蒙蒂，曾因靠近一位白人女性而付出代价。埃尔伍德的父亲帕西在入伍时动足了脑子，以至于当他回来时，脑子里已经没有任何空间了，再也装不下塔拉哈西的一切。现在，轮到埃尔伍德了。她在里士满酒店外花了十美分从一位销售员手中买下了那张马丁·路德·金的唱片，这十美分是她花得最糟心的一笔钱。这张唱片除了理念之外，什么也没有。

努力工作是基本的美德，因为努力工作的人不会把时间花在游行和静坐示威上。哈丽特说，埃尔伍德不会听信电影院里的那些鬼话，让自己乱了阵脚的。"你已经和马可尼先生说好了，放学后去他店里上班。如果你的老板都不指望你了，这份工作你也就保不住了。"责任或许会保护他，就像曾保护她一样。

房子下面有一只蟋蟀正叫唤着。到了该交房租的时候了，他们心里一直装着这件事儿。埃尔伍德从他的科学课本中抬起头来说："好吧。"第二天下午，他向马可尼先生请了一天假。三年来，埃尔伍德只请过两天病假外加几次探亲的事假，除此之外，他从未缺勤过。

马可尼先生准了假，说，好。说这话时，他甚至都没有从赛马新闻上抬起头来。

埃尔伍德穿着去年"奴隶解放日"戏剧演出时的那条黑色宽松裤。他长高了几英寸，所以裤腿显得短了，白袜子的一角都露出来了。黑色领带搭配崭新的翠绿色领带夹，领结打了六次才成功。他的鞋子刚擦过，闪闪发亮。他看上去像模像样的，即便他担心自己的眼镜会被警察拿出的警棍打碎，也担心白人拿出铁棍和棒球棒。他挥散了浮现在脑海里的报纸和杂志上的血腥画面，把衬衣塞进了裤子里。

埃尔伍德到达埃索车站后，听到人们在反复议论。"我们要什么？自由！我们什么时候需要？现在！"农工大学的学生在佛罗里达剧院门口游行，他们蜿蜒地排成一个个圈，在入口处的大荧幕下举着标语,喊着口号。剧院正在上映《丑陋的美国人》——如果你肯花七十五美分,并且肤色合适,就可以看到马龙·白兰度的表演。警长和手下的警员们戴着深色的墨镜,双臂交叉,在人行道上严阵以待。一群白人在警察身后嘲笑奚落他们,随后更多的白人在街上小跑着加入进来。埃尔伍德低着头绕过愤怒的人群,加入了抗议者的队伍,站在一位穿着条纹毛衣、年长一些的姑娘身后。她对他报以微笑,并点了点头,仿佛在等他似的。

加入人流之后,他就冷静下来,并和其他人一起喊着口号:"依法平等对待。"他的标牌在哪里?他把心思全都花在了外表上,忘记带道具了。他没法像年长的孩子一样,做出完美的标牌。他们或许事先排练过。"我们的口号是非暴力。我们将以爱的名义获胜。"一个剃了光头的矮个子男孩挥动着标语,上面写着"难道你就是丑陋的美国人",末尾打着许多卡通化的问号。有人抓住了埃尔伍德的肩膀。他本以为有人想制止他,但那是希尔先生。他的历史老师带他加入一群林肯高中的高年级学生中。比尔·杜迪和阿尔文·泰特,这两个人是校篮球队的队员,他俩和埃尔伍德握了握手。他们之前根本不认识他。他整天梦想着能参与到抗议运动中来,从未想过学校里的其他人会和他一样,渴望挺身而出。

在接下来的一个月里,警方逮捕了超过两百名抗议者,并以蔑视法律罪起诉他们,在翻滚的催泪瓦斯中,拎起他们的衣领。不过,他第一次游行并没有发生严重的事件。那时,佛罗里达农工大学的学生会与梅尔文·格里格斯技术学院的学生、佛罗里达大学和佛罗里达州的白人孩子,以及"种族平等大会"的那些行家并肩战斗。这一天,白人不分老少都在朝他们喊,不过他们喊的这些话埃尔伍德早在街上骑车时就从经过的车里听到过。喊叫的人群中有一个红脸的白人男孩,看着像里士满酒店经理的儿子卡梅伦·帕克,当埃尔伍德绕了一圈之后,确认就是他。几年前,他们曾在酒店后面的小巷子里交换漫画书。卡梅伦没有认出他来。闪光灯在他脸前扑闪了一下,埃尔伍德开始行动了。但是这位摄影师来自《记录报》,哈丽特拒绝阅读这份报纸,因为他们的报道种族倾向严重。一个穿着蓝色紧身毛衣的女大学生递给他一块标语,上面写着"我是一个人",而当抗议者队伍来到国家剧院门口时,他把这块标语举过头顶,让自己的声音汇入骄傲的和声之中。国家剧院正在上演《火星撞地球之日》,那一晚,他觉得自己一天之内走过了十万英里的路。

三天之后,哈丽特与他当面对质——她圈子里的一个人看到了他,于是消息就这样过了三天才传到她这里。几年前,她总拿皮带打他的屁股,现在他个子太大,打不动了,于是她只能借助老约翰逊家的秘诀,用冷战的方式对付他,这种方法可以追溯到美国内战后的重建时期,可以让受罚人体会到百分之百被无视的感觉。她封禁了唱片机，在意识到年青一代有色人种的逆反性之后，又把唱片机带回自己的卧室，并在上面压上了砖块。他俩都在沉默中忍受着。

一周以后，屋里的一切回归日常，但埃尔伍德变了。更近了。在抗议现场，不知怎的，他感觉离自己更近了。哪怕只是一会儿。屋外，阳光明媚。这给他的梦提供了足够的滋养。一旦进入大学，离开位于布雷瓦德大街的盒式排屋后，他就会开始自己的生活。他会带姑娘们去看电影——他已经为做这件事清除了障碍——并且制订一门课程的学习计划。他要在那些打算献身于提升黑人地位的运动的年轻逐梦者的繁忙队伍中，找到自己的位置。

在塔拉哈西的最后一个夏天过得很快。希尔先生在他离开学校前的最后一天给了他一本詹姆斯·鲍德温的《土生子札记》，他的思绪被搅动了。**黑人也是美国人，他们的命运也是国家的命运**。他在佛罗里达剧院门口游行，不是在捍卫他作为其中一分子的黑人的权利，而是为所有人游行，甚至包括那些朝着他喊的人。我的斗争就是你的斗争，你的负担就是我的负担。但应该怎么告诉人们呢？他熬夜给《塔拉哈西记录报》写了一篇讨论种族问题的文章，但这份报纸没有刊登，他另外给《芝加哥防卫者》写的那份刊印了出来。"**我们质问老一辈人：你们会应对挑战吗？**"他很害羞，没有告诉任何人，并且用的是一个化名：阿切尔·蒙哥马利。这个名字听起来古板又讨巧，直到他看到这个名字白纸黑字地印刷出来，才意识到自己用的是外公的名字。

六月的时候，马可尼先生当了爷爷，这对于这个意大利人来说是一个里程碑，他的人生开启了全新的阶段。他把这家商店变成了长辈慈祥的展示柜。店里长久的沉默被打破，他念叨起了从移民奋斗里学到的教训，以及各种古怪的生意经。他提前一小时关了店门，打算去看望他的孙女，并付给埃尔伍德全值工钱。每当这个时候，埃尔伍德都会闲逛到篮球场，看看那里是否有人在打球。他以前只是看过，但是参加游行抗议的经历让他不那么害羞了，还在球场旁交了几个朋友，这几个朋友住在隔着两条街的地方，他们虽已认识多年，但从未说过话。别的时间里，他会和皮特·库姆斯一起去市区。皮特是哈丽特允许他与之来往的一个邻家男孩，因为皮特会拉小提琴，还和她外孙一样喜欢读书。如果皮特不需要练琴，他俩就会去唱片店转转，偷偷看不允许他们买的唱片的封套。

"'动声'是什么？"皮特问。

一种新型的音乐？一种不同的聆听方式？他们被搞糊涂了。

有时候，参加过抗议游行的佛罗里达农工大学的女生们会在炎热的午后来店里买苏打饮料。埃尔伍德询问她们有关游行的最新消息，她们为共同的经历而雀跃，并假装认出了他。不止一个人告诉过他，她们认为埃尔伍德在读大学。他把她们说的当恭维话来听，并把这一切当成有关他离家的白日梦的装饰。乐观主义让埃尔伍德和柜台下面的廉价太妃糖一样易受外界影响。当希尔先生在七月出现在店里并给出他建议时，他已经整装待发。

埃尔伍德起初并没有认出希尔先生。他那天没有打彩色领带，只穿了一件橘色的格子衬衫，衬衫敞开着，露出里面的汗衫，另外，他还戴了一副时髦的太阳镜——希尔先生看起来像是几个月没有为工作犯过愁了，而非几周。他带着一种放松的神情向之前的学生打招呼，这副表情只有整个夏天都在休假的人才有。他告诉埃尔伍德，他头一次没有在夏天去旅行。"这里有许多事儿等着我去做。"他一边说，一边朝人行道那儿点点头。那里站着一个头戴宽檐草帽的女人，她一边等他，一边用纤细的手挡在眼前遮阳。

埃尔伍德问希尔先生需要买什么。

"我来这儿是看你的，埃尔伍德，"他说，"我有个朋友告诉了我一个读书的机会，我听了之后立马就想到了你。"

希尔先生有一个"自由乘车者"运动的同道友人，他是一名大学教授，在梅尔文·格里格斯技术学院谋得了一份教职，这是一所供有色人种上学的学院，就在塔拉哈西的南边。他在那里教授英语和美国文学，刚刚结束第三年的工作。这所学校一段时间来管理不善，学院的新校长正试图扭转局面。梅尔文·格里格斯技术学院对成绩好的高中生开放课程已有一段时间，但是当地家庭都不知道这个消息。新校长派希尔先生的朋友去宣传这件事，于是他就找上门来了：也许林肯高中会有几个成绩优异的学生对此感兴趣。

埃尔伍德握紧了攥着扫帚的手："这听起来不错，但是我不知道是否有钱去上那样的课。"随后，他又摇了摇头：他存了这么久的钱，就是为了去听大学的课，他可以一边在林肯高中上课，一边去那里上课，这有什么关系呢？

"事情是这样的，埃尔伍德——这些课都是免费的。至少这个秋季的课是免费的，这样他们就能在社区里做宣传了。"

"我去问问我外婆。"

"去吧，埃尔伍德，"希尔先生说，"我也可以和她说说。"他把手放在埃尔伍德的肩膀上，"关键在于，这是为你这样的年轻人量身定做的。你就是他们要找的那类学生。"

那个午后接下来的一段时间里，当他在店里追赶一只肥大的嗡嗡飞着的苍蝇时，埃尔伍德想到，或许塔拉哈西并没有那么多白人小孩能够达到在大学里读书的水平。**谁在赛跑中落后，就会永远落后，要不然就需要比前面的人跑得更快。**

哈丽特对希尔先生提供的机会并没有表示出担忧——"免费"这两个字是主要原因。自那以后，埃尔伍德的夏天就像一只泥龟一样过得很慢。因为希尔先生的朋友是教英语的,所以他觉得他得去上文学课,即便他知道他去那里学什么都行,但还是坚持想学文学。就如同他外婆所说的,有关英国作家的概论课程没有实用性,但这正是这类课程的魅力所在,他越想越觉得就是这样。他已经过度注重实用性很久了。

或许大学里的课本是全新的。没被使用过。没有什么需要涂改。这是可能的。

就在埃尔伍德去大学上第一课的前一天,马可尼先生把他叫到了收款机边上。埃尔伍德因为要去上学,所以周四不能来上班了。他觉得他的老板叫他来是为了确保他不在时,一切都已安排妥当。这位意大利人清了清喉咙,把一个天鹅绒盒子推到了他面前。"这是给你读书用的。"他说。

这是一支带黄铜边的午夜蓝自来水笔。一份不错的礼物,即便马可尼先生买这支笔时享受了一点折扣,因为文具店老板是他这里的老主顾。他们用颇具男子气概的方式握了握手。

哈丽特祝他好运。每天早上,她都会检查他的校服,确保他看起来精神十足,除了有时需拔掉棉线头之外,不需要做任何修补。这一天也是一样。"你看起来真精神,埃尔。"她说。在他去公交车站之前,她吻了吻他的面颊,随后耸了耸肩膀——每当她想要在他面前忍住不哭时,都会这么做。

埃尔伍德放学后,有足够的时间赶往大学,但是他想第一时间看到梅尔文·格里格斯技术学院，所以早早就动了身。他被人揍的那一晚，自行车链上的两个铆钉坏了，自那以后，每当他骑上它走长路时，这辆车就会咔嚓一下折断。埃尔伍德要么竖起拇指拦车，要么就得走上七英里的路。穿过大门，探索校园，然后迷失在一幢幢建筑里，或者就坐在方形院里，呼吸着那里的空气。

他在"老班布里奇"的拐角处等候一个开往州道的有色人种司机。两辆轻型货车经过他，随后一辆1961年款的亮绿色普利茅斯"怒风"型小轿车缓缓地开了过来——底盘很低，安装着一对尾翼，看起来就像一条巨大的鲇鱼。司机俯下身来，打开客座的门。"我往南走。"司机说。埃尔伍德侧身坐了进去，绿白相间的塑料椅套发出吱吱呀呀的声音。

"我叫罗德尼。"这个人说。罗德尼身形很宽，体格壮实，像黑人版的爱德华·G. 罗宾逊。他穿着一身灰紫条纹的西装，这让他看上去更像了。罗德尼握了握他的手，手指上的戒指硌疼了埃尔伍德，让他的脸扭曲了一下。

"我叫埃尔伍德。"他把他的小书包放在两腿之间，朝普利茅斯那非常现代的仪表盘看了看，银色的装饰细节让所有的按钮显得非常夺目。

他们朝南边的636号县道开去。罗德尼漫无目的地调试着广播。"我总是选不好。你来试试。"埃尔伍德按下按钮，找到一个"节奏布鲁斯"电台。他下意识地想要换台，但是哈丽特不在场，没人会对歌词里的双关语发出大惊小怪的声音，她对这些歌词的解释总让他感到疑惑和怀疑。他锁定了这个电台，电台里正在放一首"嘟·喔普"①乐队的音乐。罗德尼和马可尼先生用同一款护发油。车里味道浓烈，到处都是这款护发油的味道。即便到这一天结束时，他也无法摆脱这股味道。

罗德尼刚从瓦尔多斯塔看望完母亲回来。他说之前没有听说过梅尔文·格里格斯技术学院，这让埃尔伍德在重要的日子里自尊心受到了打击。"学院。"罗德尼说，并从牙齿间挤出一声口哨声。"我十四岁时就在一家椅子厂工作了。"他接着说道。

"我在烟草店上班。"埃尔伍德说。

"嗯，当然。"罗德尼说。

电台主持人以很快的语速播报了周末旧货交易的信息。随后播出游乐小镇的广告，埃尔伍德随着广告哼了起来。

"这是什么？"罗德尼说。他大声呼了一口气，随后开口咒骂。手在鼻子前摆动起来。

后视镜里出现警车晃动的红灯。

他们行驶在乡间，除了他们之外再没有别的车辆。罗德尼嘀

---

① 嘟·喔普（Doo-Wop）：一种流行于20世纪40年代至60年代的节奏布鲁斯风格。

咕了几句，随后停了车。埃尔伍德把书包放在膝盖上，罗德尼让他保持冷静。

白人副警长把车停在距离他们几码①远的地方。他把左手放在枪套上，走上前来，摘掉太阳镜，把它放到胸前的口袋里。

罗德尼说："你不认识我，知道吗？"

"知道了。"埃尔伍德说。

"我会这样和他说的。"

副警长把枪拔了出来。"他们说要盯着一辆普利茅斯车，"他说，"我听到后的第一反应就是只有黑鬼才会偷这样的车。"

---

① 码：1码≈0.9米。

Part Two
第二部分

第四章

在法官下达将埃尔伍德送往尼克尔的判决后,他在家度过了最后三个晚上。州政府的车在周二早上七点到达。法警是个典型的南方人,留着没有打理过的粗硬胡须,迈着宿醉般晃晃悠悠的步伐。他的衣服太小了,绷紧的纽扣让他看起来像在外面包了一个软垫。他是一个配枪的白人,虽然看起来邋里邋遢的,但还是让人退避三舍。沿街的人都站在门廊里往这边看,他们一边抽烟,一边紧抓栏杆,像是担心会从里面翻下来。邻居们从窗户向外窥视,将此情此景与几年前发生的事情联系在一起:那时一个男孩或男人也这样被人带走了,他不是住在街对面的人,而是他们的亲戚,某人的兄弟,某家的儿子。

法警说话时,嘴里叼着牙签,此举并不常见。他给埃尔伍德戴上手铐,将他铐在车子前座后面的金属栏杆上,在之后两百七十五英里的路上,一句话也没有说。

他们来到了坦帕,五分钟后,法警与监狱的工作人员吵了起来。他犯了错误:一共有三个男孩都应该送去尼克尔教养院,其中这个有色人种男孩本该是最后一个去接的人，而不该第一个就接上车。毕竟，塔拉哈西距离教养院只有一小时的路程。监狱的工作人员质问他带着这个男孩像溜溜球一样来来回回地赶路，难道不觉得奇怪吗？说到这里，法警的脸红了起来。

"我只是按文件办事。"法警说。

"这是按照字母排序的。"监狱的工作人员说。

埃尔伍德揉搓着手铐在手腕处留下的勒痕，并且认定等候室里的板凳是一把教堂长椅，两者的形状是一样的。

半小时后，他们重新上路。富兰克林·T和比尔·Y：两个人在字母排序上离得很远，性情相差得更远。埃尔伍德第一眼看到边上这两个男孩时，他俩就摆出一副怒容，想来一定是粗俗的人。富兰克林·T的脸上长满了雀斑，其数量之多，是他从未看到过的。此人皮肤黝黑，留着剪成平头的红发，眼神沮丧，垂着头，盯着自己的脚趾，但是，当他抬起头看别人时，眼睛里总是充满怒气。比尔·Y的眼睛被揍得青一块紫一块的，可怕极了。他的嘴唇肿着，结着痂。他的右脸颊上有一块棕色的梨形胎记，这给他那张颜色斑驳的脸又添加了一抹色彩。他看了一眼埃尔伍德，随即轻蔑地哼了一声。途中只要他们的脚碰到一起，比尔就会立马把脚缩回来，仿佛碰到了滚烫的烟囱炉一般。

无论他们各自有着怎样的故事，无论他们各自做了什么才被送到尼克尔去，这三个男孩都以同样的方式被锁在一起，并且朝同样的目的地奔去。在车上待了一会儿后，富兰克林和比尔聊了起来。这是富兰克林第二次去尼克尔。第一次是由于不听管教，这一次回来则是因为旷课。他曾因盯着一位男舍监的妻子而被揍了一顿，除此之外，这地方对他来说挺好的，待在这里至少可以远离他的继父。比尔是由他姐姐养大的，因为与一些坏秧子（法官是这样称呼他们的）为伍而变坏。他们打破了药房的前玻璃窗，但是比尔的处罚较轻。他被送到尼克尔教养院是因为他只有十四岁，其他人则被送到了皮埃蒙特监狱。

法警对两个白人男孩说，他们和一个偷车贼坐在一起，比尔笑了。"哦，我之前经常开偷的车兜风，"他说，"他们应该为这事把我给抓起来，而不是几扇该死的窗户。"

他们在盖恩斯维尔市外驶离了州际公路。法警停好车，让所有人下车解手，并给了他们芥末酱三明治吃。回到车上后，他并没有把他们铐起来。法警说，他知道他们是不会逃跑的。他绕过塔拉哈西，从后面的马路走，仿佛这个地方已经不存在了。我甚至都认不出这些树来了，当他们抵达杰克逊县时埃尔伍德对自己说。他感到心情低落。

他看了一眼教养院，心想富兰克林或许是对的——尼克尔并没有那么糟糕。他原本觉得这里会筑起高高的石头墙，铺设带刺的铁丝，但这里一堵墙都没有。校园布置得非常用心，一大片郁郁葱葱的绿化点缀在两三层高的红砖墙建筑之间。古老而高大的

51

雪松和山毛榉投下几块树荫。这是埃尔伍德看过的最漂亮的地方——一所真正的学校，一所不错的学校，根本不是几个礼拜前他头脑中想象的那所令人生畏的教养院。用一句苦涩的玩笑话来说，除了一些雕像和石柱之外，这所学校的景象就是他想象中的梅尔文·格里格斯技术学院。

他们驾车沿着长长的路来到主行政楼前，埃尔伍德瞥见那里有一座足球场，有几个男孩在你争我抢，大喊大叫着。在他的想象中，他本以为会看到类似卡通片里那样，被铁链和铁球束缚住的孩子，但是眼前这些人却在那里玩得非常开心，绕着草地声嘶力竭地喊着。

"太好了。"比尔心满意足地说道。埃尔伍德不是唯一一个安下心来的人。

法警说："别耍小聪明。如果舍管没看住你们，这里的沼泽也会困住你们——"

"这些走狗是他们从阿巴拉契的州立监狱里找来的。"富兰克林说。

"你们安分点就能安生地过下去。"法警说。

在主行政楼里，法警向一名秘书挥手致意，秘书把他们带进一间黄色的房间，那里的墙边放着一排木制档案柜。座椅像教室里那样成排摆放，三个男孩各自选了个地方，相互间隔很远。埃尔伍德按照习惯，选了前排的位置。主管斯宾塞把门敲开后，三人坐直了身子。

梅纳德·斯宾塞是个五十多岁的白人,一头剪短的黑发里零星长着几根银发。他就像哈丽特以前说的那种,是个不折不扣的"勤快人",干起事儿来不慌不忙,做什么都像在镜子前演练过似的。他长着一张窄窄的浣熊脸,埃尔伍德注意到,他的鼻子很小,双眼下面长着黑色的眼圈,眉毛又黑又密。斯宾塞一丝不苟地穿着那身深蓝色的尼克尔制服,衣服上的每一道褶皱看上去都尖锐得能切割东西,仿佛他就是一把活生生的利刃。

斯宾塞朝缩在桌角的富兰克林点了点头。这位主管强忍着微笑,仿佛早就知道这个男孩会回来似的。他靠在黑板上,双手抱胸说道:"你们今天来晚了,所以,我长话短说。所有人来这里都是因为不知道该如何与正派的人相处。这没什么。这里是一所学校,我们都是老师。我们将教会你们如何像别人那样做事。

"我知道你之前就听过这些,富兰克林,但很显然,这些话并没有起作用。也许这一次就会起作用。从现在起,你们都是'幼虫'。在这里,我们把所有人的表现分为四等——最开始是'幼虫',然后通过努力升为'探索者',再然后是'先锋',最终,成为'佼佼者'。表现好的可以获得绩点,凭绩点一级一级往上爬。你们要一路往上爬,直到获得最高级别的'佼佼者'为止,到那时你们就可以毕业了,就可以回到家人身边。"他停了下来。"如果他们想让你们回去的话。不过,这是你们和家人之间的事儿。"他说。"佼佼者"要听舍管和舍监的话，做事不得推托，不得装病，并且要专心致志地把功课做好。"佼佼者"不能打架，不能骂人，不能说亵渎的话等。他得通过劳动改造自己，从天亮忙到天黑。"你们要和我们待多久，这完全取决于你们自己。"斯宾塞说，"我们不会在白痴身上浪费时间。如果你们把事情搞砸了，我们有个地方会恭候你们，你们不会喜欢那里的。我会亲自去那里探望的。"

斯宾塞一脸严肃，但是当他触摸到皮带上挂着的许多把钥匙后，他的嘴角愉快地上扬，似乎在表明某种阴暗的情绪。主管转向第二次进尼克尔的富兰克林："和他们说说，富兰克林。"

富兰克林的声音变得沙哑起来，在说话之前，他调整了自己的状态："好的，先生。你们在这儿不会想越界的。"

主管挨个儿看了看三个男孩，在脑子里默默记住了他们，随后站直身子。"卢米斯先生会完成对你们的教导。"他说完就走了出去。他皮带上的钥匙扣发出的碰撞声，听起来就像西部电影里治安官脚上的马刺发出的声音。

几分钟以后，一位面色阴沉的年轻白人——卢米斯——走了进来，随后带他们去了地下室，也就是放教养院制服的地方。墙上的架子上摆满了各个尺码的牛仔裤、灰色的工作衫，以及棕色的粗革皮靴。卢米斯让男孩们找到适合自己尺码的衣物，指引着埃尔伍德去了有色人种区，那里存着较破旧的衣物。他们仨换上了新的服装。埃尔伍德将自己的衬衫和工装裤叠好，放入从家里带来的帆布包。他在包里放了两件毛衣，外加一件出演"奴隶解放日"戏剧时穿的西服，以便去教堂时穿。富兰克林和比尔什么都没带。

换衣服时，埃尔伍德忍着不去看另外两个男孩身上的标记。他俩身上都留着一道道长长的、凹凸不平的疤痕，看上去像是烫伤后留下的。那天之后，他再也没有看到过富兰克林和比尔。学校里有超过六百名学生，白人男孩往山下走，黑人男孩往山上走。

回到大厅后，男孩们等待着各自的舍监来认领他们。埃尔伍德的舍监第一个到了，他是一个有着圆滚滚身材、白头发、深色皮肤和笑眯眯的灰色双眼的人。斯宾塞一脸严肃，令人生畏，布莱克利却性格温和、开朗。他热情地握了握埃尔伍德的手，说自己是埃尔伍德分配到的"克利夫兰"寝室楼的负责人。

他们走到有色人种居住的房子里。埃尔伍德的身体松弛了下来。他对由斯宾塞这样的人掌管的地方感到害怕，这意味着他待在这里时，要处在那种喜欢威胁人，并且享受给人带来胁迫感的人眼皮底下。不过，或许黑人工作人员会照顾好他们自己人的。即便这些人像白人一样刻薄，埃尔伍德依旧不会允许自己有给别人带来麻烦的不良行为。他意识到，只要坚持自己一直做的事儿——端正行为——就行，他这样安慰自己。

外出活动的学生并不多。寝室楼的窗户上晃动着人影。埃尔伍德觉得，大概是吃晚餐的时候了。几个黑人男孩在水泥人行道上与他们擦肩而过的时候，带着敬意向布莱克利打招呼，却不看埃尔伍德。

布莱克利说，他自打"那些糟糕的日子到现在"，已在这所学校工作了十一年。他解释说，这所学校有一套处事法则，可以把这些男孩的命运掌握在手中。"你们这些男孩负责建造一切，"布莱克利说，"你看到的这些楼的每一块砖都是男孩们烧的，水泥和草地也是由男孩们铺成和照看的。正如你看到的，他们干得不错。"劳动可以提升男孩们的水平，他接着说道，这里给男孩们提供毕业后用得上的技能。从税务章程、建筑法规到违停罚单，尼克尔的印刷厂揽下了佛罗里达政府的所有印刷活。"学会如何执行这些大订单，并承担起自己在其中的责任，这些都是你在以后的生活中能用上的知识。"

每个男孩必须去上课，布莱克利说，这是规矩。别的教养院或许不会在改造和教育之间寻求平衡，但是尼克尔教养院不允许男孩们落后于人，一天课堂教学，一天劳动实践，轮流着来，星期天休息。

布莱克利注意到埃尔伍德的表情变了。"和你期待的不一样吗？"

"今年我原本要去上大学课程的。"埃尔伍德说。已到了十月,原本他应该沉浸在这学期的大学学习中。

"去和古道尔先生说说这事儿吧,"布莱克利说,"他负责高年级学生的教学。我敢肯定他会给你做出安排的。"他笑了。"你在地里干过活吗?"他问道。他们在占地一千四百英亩的地里种植各类作物——酸橙、甘薯、西瓜。"我是在农场长大的,"布莱克利说,"这些孩子当中,有许多人还是第一次照看东西。"

"是的,先生。"埃尔伍德说。他的衬衫上有个标签一样的东西一直粘在他的脖子上。

布莱克利停下脚步。他说:"你知道什么时候该说'是的,先生'——一直就该这么说——你会没事的,孩子。"他对埃尔伍德的"境遇"很熟悉——他的语调使他的话听上去更委婉,"这里有很多孩子搞不清楚状况。这是你仔细思考,保持头脑清醒的机会。"

"克利夫兰"寝室楼与学校的其他寝室楼没什么两样:尼克尔的砖楼都有一个绿色的铜质房顶,周围是插在红土里的方格状篱笆。布莱克利带埃尔伍德经过前门,很快他就明白过来,外面和里面是两个世界。翘起的地板不停地发出吱呀声,黄色的墙壁已经磨损了,划痕遍布。娱乐室的沙发和扶手椅里的填充料掉了出来。几百双淘气的手,在桌子上刻着缩写和绰号。埃尔伍德专注地回忆起哈丽特之前提醒他注意的家务细节:每一个橱门闩和门把手上留下的手指污垢形成的一个个模糊的环，还有角落里的毛发和灰尘团。

布莱克利向他介绍了整幢楼的布局。每一幢寝室楼的第一层都由小厨房、行政办公室和两间集合室组成。第二层是寝室房间，三分之二的房间安排给年长的孩子，剩下的三分之一是为年幼的孩子备着的。"我们把低年级的孩子称为'宝贝'，别问我为什么这么叫——没人知道。"最上面一层是布莱克利住的地方，此外还有一些公共设施房。布莱克利告诉他，孩子们马上就要睡觉了。餐厅走几步路就到，他们正在收拾晚餐的餐具。不过，他问埃尔伍德是否要在晚上餐厅关门之前找点吃的。埃尔伍德没心思想吃的事儿，他心里装满了别的事儿。

2号房间还有一张空床。蓝色的油地毡上一共有三排铺位，每一排有十张床，每一张床的床脚放着给男孩们存放东西的箱子。埃尔伍德一路走来，没有人注意到他，但是这里的每一个男孩都在对他进行评估，有些人在布莱克利把他安排到那一排之后，默默地和伙伴们商量着什么，其他人则保留看法，以便等会儿再说。其中有个男孩看起来像是一个三十岁的男人，但是埃尔伍德知道他不可能这么大，因为当你年满十八岁之后，他们就会让你离开这里。有些男孩摆出一副强硬的架势来，就像车里那两个从坦帕来的白人男孩一样，但是他觉得这些人看起来就像邻家的普通男孩，只不过更悲伤一些，也就没有那么担心了。如果他们是普通孩子,他就可以和他们相处好。

尽管他早有耳闻,但是尼克尔确实还算是一所学校,而不是一所收容少年犯的冷酷监狱。他的律师告诉他,埃尔伍德确实走运。偷车在尼克尔可算是一项重罪。他了解到,大多数被送到这里来的孩子,犯的罪要轻很多——并且说不清,难以解释。有些学生是州政府收养的孩子,他们没有家人,所以没有别的地方可以收留他们。

布莱克利打开箱子,把肥皂和毛巾拿给埃尔伍德,随后把他介绍给睡在他两边的孩子:德斯蒙德和帕特。舍监让两个男孩来指导埃尔伍德:"我会一直盯着你们的。"这两个男孩含糊地打了个招呼,在布莱克利走出房间后,回头又玩起了棒球卡。

埃尔伍德从来不是一个爱哭的人,但自从被捕之后,他时不时地就会掉眼泪。那一晚,当他想起尼克尔为他准备的一切之后,不禁流下了眼泪。他曾听到外婆在隔壁房间啜泣,焦急地四处走动,把东西打开又合上,因为她不知道该用双手做些什么。他试图搞清楚他的生活为何会落到这般田地,但没成功。他知道他不能让这些男孩看到自己在哭,所以他躺在床铺上,转过身去,用枕头盖住头,聆听那些声音:玩笑,嘲弄,有关家里和远方密友的故事,关于世界如何运转的少年猜想以及用来智取这个世界的天真计划。

这一天开始于他原来的生活,终结在这个地方。枕头闻起来有醋的味道，夜里蝈蝈和蟋蟀的叫声此起彼伏，时而轻柔，时而响亮，来来回回，循环往复。

另一种吼叫声传来时，埃尔伍德已经睡着了。这个声音是从外面传来的，那是一阵没有变化的急促的呼啸声。这声音听起来令人生畏且机械，不知道是什么发出来的。有个词浮现在他的脑海中，虽然他不知道这个词是从哪本书上看到的：**倾泻**。

房间里有个声音说道："有人得去外面吃冰激凌了。"几个男孩听后咯咯笑起来。

第五章

埃尔伍德来到尼克尔的第二天遇到了特纳，还发现了噪声背后隐藏的险恶。"大多数黑人在倒下之前，会叫上好几个礼拜，"那个名叫特纳的男孩后来告诉他，"埃尔，你可得改掉急于求成的狗屁习惯。"

大多数早晨，号手会吹响清脆的起床号叫他们起床。布莱克利一边敲响2号房间的门，一边喊道："该起床了！"学生们呻吟着，咒骂着，以此向在尼克尔迎来的又一个早晨致敬。他们两人一组，列队报到，随后在洗澡时拼命用白垩肥皂擦洗身体，因为时间只有两分钟。埃尔伍德表现得很镇定，对公共淋浴一点儿也不惊奇，但他无法掩盖对冷水的恐惧，水流冰冷彻骨，冷酷无情。水管里流出的东西闻起来有股臭鸡蛋的味道，在浴室里洗完澡，皮肤干了之后，人闻起来也是这股味儿。

"该吃早饭了。"德斯蒙德说道。他的铺位就挨着埃尔伍德，这个男孩一直在努力执行昨晚舍监下达的命令。德斯蒙德长着一个圆脑袋，脸颊像婴儿般胖乎乎的，他的声音粗哑低沉，谁第一次听到都会被吓到。当他蹑手蹑脚地接近那些"宝贝"时,他的声音会吓得他们跳起来,他以此为乐;直到有一天,一个声音更为低沉的主管蹑手蹑脚地走到他身边,给他上了一课之后,他才罢手。

埃尔伍德又和他说了一遍自己的名字,以此作为他们重新认识的标志。

"昨晚你和我说过了。"德斯蒙德说。他在系鞋带,一双棕色的皮鞋擦得一尘不染。"如果你要在这里待上一阵子的话,就得去帮助那些'幼虫',这样你就可以拿到分数。我还差一半就可以升到'先锋'了。"

餐厅距离这里四分之一英里,德斯蒙德和埃尔伍德一起走了过去,但在排队等餐时,他俩分开了,埃尔伍德在寻找空位的时候也没有看到他。餐厅乱哄哄的,嘈杂声既大又吵,所有"克利夫兰"寝室楼里的男孩都在边说话边吃饭。埃尔伍德又成了隐身人。他在一张长桌旁发现了一个空位。等他走近时,一个男孩"啪"的一声把手放在板凳上,说这个位置预留给了别人。边上那张桌子旁坐满了低年级的孩子,当埃尔伍德把盘子放在桌上时,他们朝他看了看,仿佛他疯了一般。"大孩子不许坐小孩子的桌子。"其中一个男孩说。

埃尔伍德很快在边上找到一个空位坐下来,为了防止他人的斥责,他只顾着低头吃饭,不与别人眼神接触。燕麦粥里撒了大量肉桂，以便掩盖糟糕的味道。埃尔伍德狼吞虎咽地吃完了粥。他刚剥完橘子，抬起头来一看，发现对面桌子有个男孩一直在盯着他。

埃尔伍德第一眼看到的是这个男孩左耳上的一个凹口，看起来就像一只受伤的流浪猫。那个男孩说："你的吃相看上去就像这碗燕麦粥是你妈妈做的。"

这人是谁，竟提到他的母亲。"你说什么？"

他说："不是你想的那个意思，我是说我从未见过谁像你这样吃这个玩意儿——好像真的喜欢吃一样。"

这个男孩有一种古怪的自我意识，这是埃尔伍德在他身上发现的第二件事。餐厅里充满了因幼稚的举动发出的隆隆喧闹声，但是这个男孩却沉浸在平静的氛围里。久而久之，埃尔伍德发现，不管在什么场合，他总给人一种既自在，又不属于那儿的感觉，融入其中又抽离出来，成其部分又时刻分离，就像掉入小溪的树干——它不属于小溪，但永远离不开那里，只是在更大的水流里泛起涟漪。

他说他的名字叫特纳。

"我叫埃尔伍德。从塔拉哈西的弗伦奇敦来。"

"弗伦奇敦。"桌子那头的一个男孩模仿起埃尔伍德的口音来，并在其中加入了一点女子气的转调，惹得他的朋友们笑了起来。

那里一共有三个人。个头最大的那个,他昨晚见过,就是那个看起来年纪太大、不该来尼克尔的人。大个子名叫格里夫,除了成熟的外表之外,他还长着宽阔的胸脯,驼着背,看上去就像一头大棕熊。据说,格里夫的爸爸杀了他的母亲,正在亚拉巴马州服苦役,这么说来,他身上的刻薄劲儿倒是家传。格里夫身边的两个伙伴的体形和埃尔伍德差不多,他们骨架很小,但是眼神中充满了野性和残忍。朗尼长着一张宽宽的斗牛犬般的脸,这张脸越往上越尖,一直延伸到剃光的头皮上,看上去像一颗子弹。他或许会长出一些稀稀拉拉的胡子,这样他就可以在盘算残忍的事儿时,养成用拇指和食指抚平胡子的习惯。三人帮里最后一个成员名叫布莱克·迈克。他是来自奥珀卢瑟斯市的一位瘦削的小伙子,一直压抑着自己不安分的血液。今天早上,他在座位上摇晃着身子,双手压在屁股下,以免这双手飞出去惹是生非。这三个人坐在桌子的另一头——他们之间的椅子全空着,因为所有人都比埃尔伍德更了解三人帮。

"我不知道你为什么要这么大声,格里夫,"特纳说,"你知道这周他们一直在盯着你。"

埃尔伍德觉得特纳指的是舍管,餐厅里一共有八名舍管,他们分布在不同的桌子旁,与他们分管的孩子一起吃饭。离他们最近的这名管理员不可能听不到,但是他抬起头来,在所有人面前装出一副漫不经心的样子。彪形大汉格里夫朝特纳咆哮了一声,其他两个男孩笑了起来，骂骂咧咧的声音中掺杂着狗叫声。剃了头的朗尼朝埃尔伍德眨了眨眼，随后就继续三人帮自己的秘密晨会。

"我来自休斯敦。"特纳说，声音无精打采，"那里是一座真正的都市。你们这些乡巴佬是不会去那里的。"

"谢谢你这么说。"埃尔伍德说。他把头转向那三个恶棍。

男孩拿起餐盘："我不做蠢事。"

随后，所有人都站起身来：该去上课了。德斯蒙德拍了拍埃尔伍德的肩膀，陪他一起走。有色人种的校舍在山下，紧挨着车库和仓房。"我过去讨厌学校，"德斯蒙德说，"但在这里，你可以闭起眼睛睡一会儿。"

"我之前还以为这个地方会管得很严。"埃尔伍德说。

"要是在家里，我敢翘一天的课，我爸就会打我的屁股。但在尼克尔不会这样。"要想毕业，学习成绩起不到什么作用，德斯蒙德解释说。老师们不会点名，也不会打分。聪明的孩子只会为绩点而努力。只要有足够的绩点，你就可以以优异的表现早一点解脱。劳动、行为举止、听指令行事——这些对排名很重要的事情德斯蒙德一直很关注。他必须回家。他是从盖恩斯维尔来的，他父亲在那里经营着一个擦鞋摊。德斯蒙德离家出走过好几次，惹得父亲大发雷霆，于是他恳求尼克尔收留这个孩子。"我很多次都睡在星空下，我爸觉得我应该学会珍惜尚有屋顶遮身的

65

日子。"

埃尔伍德问他来尼克尔是否对他有用。

德斯蒙德转过头来说道："兄弟，我得获得'先锋'等级。"他那种成人的口气，从骨瘦如柴的身体里发出来，让这句话听起来像是一个辛酸的愿望。

有色人种的校舍比寝室还要陈旧，是教养院开办时盖起的几座建筑之一。楼上有两间为"宝贝"们准备的教室，中间的楼层里有两间教室则是为高年级的孩子准备的。德斯蒙德领着埃尔伍德进了他们这一年级的教室，里面挤满了桌子，大概有十五张。埃尔伍德挤进第二排，很快就被吓到了。墙上贴着海报，海报上戴眼镜的猫头鹰在大声朗诵着字母表，边上则是颜色鲜艳的基础词汇图片：房子，猫，谷仓。小孩的玩意儿。尼克尔的课本比林肯高中的还要糟糕，它们在埃尔伍德出生前就已存在了，在他记忆中，这些课本比他上一年级时用的版本还要古老。

古道尔老师走了进来，但没有人理睬他。古道尔六十五岁左右，皮肤粉红，戴着一副厚厚的玳瑁眼镜，穿着一身亚麻布西服，留着一头浓密的白发，看起来透着一股学究气。他的学者风度很快就消失不见了。对这位老师心不在焉、无精打采的作风只有埃尔伍德感到沮丧，其他男孩整个上午都在瞎胡闹、开玩笑。格里夫和他的伙伴们在教室后面玩弄铁锹，埃尔伍德与特纳的目光相遇时，这个男孩正在看一本皱巴巴的超人漫画。特纳看了看他，耸耸肩，随后翻了一页。德斯蒙德睡得很沉，脖子扭得让人看着都觉得疼。

马可尼先生店里的记账方式埃尔伍德早已烂熟于心，他把这里上的基础数学课当成了一种侮辱。他本来应该去大学上课的——所以之前才会在那辆车里。他和邻座的一个男孩共用一本识字课本，这个胖男孩打了一个很响的饱嗝，一股浓烈的早餐味儿扑面而来，于是他俩就展开了一场无声的拉锯战。尼克尔的大多数男孩都不识字。当男孩们拿起晨读故事书——有关一只勤勉的兔子的无聊故事——古道尔先生并不打算花心思去纠正他们的读音，也不教正确的读音是什么。埃尔伍德刻意把每个音节都读得精准，使得周围所有的学生都从开小差中回过神来，他们好奇什么样的黑人男孩会这样说话。

午餐铃敲响时，他走到古道尔先生身边，这位老师装作认识他一样："你好，孩子，我能为你做什么？"在他看来，埃尔伍德只不过是另一个来了又会走的有色人种男孩。近距离来看，古道尔先生的粉红色脸颊和鼻子上满是疙瘩和坑疤。他的汗水掺杂着昨晚喝下的酒的气味，散发出一股甜丝丝的味道。

埃尔伍德压住声音里的怨气，问起尼克尔教养院是否有为想上大学的学生开设高级课程，并且谦逊地解释说，他几年前就学完了现在这些教材。

古道尔先生表现出足够亲切的样子。"当然！我会和主管反映这件事的。你叫什么名字来着？"

埃尔伍德在回"克利夫兰"寝室楼的路上追上了德斯蒙德。他把和老师的对话说给了德斯蒙德听。德斯蒙德说："你相信他说的鬼话吗？"

午饭后，到了上艺术课和购物的时间，布莱克利把埃尔伍德拉到身边。这位舍监想让埃尔伍德和一些"幼虫"一起，加入园艺组。他可以在中途换班时加入别的男孩，但话说回来，田野工作可以帮你熟悉地形。"看得仔细点。"布莱克利说道。

来这里的第一个下午，埃尔伍德和其他五个男孩——其中大多数是"宝贝"——带着镰刀和耙子，在校园里的有色人种区域转悠。他们的头儿是一个性情温和的男孩，叫杰米，长得瘦骨嶙峋的，一副营养不良的样子，这在男孩中很普遍。他在尼克尔被来来回回安排了好几次——他母亲是墨西哥人，所以他们不知道该拿他怎么办。他刚到这里时被安排和白人孩子们住在一起，但当他第一天在酸橙地里干完活后，他的皮肤被晒得很黑，于是斯宾塞把他调到了有色人种这边。杰米在"克利夫兰"寝室楼住了一个月，后来校长哈迪有一天来巡视，在一群黑脸中看到了那张浅色的脸，于是又把他送回了白人的教学区。斯宾塞等待时机，几周后又把他带了回来。"我就这样被安排来安排去。"杰米一边说，一边把地上的松针耙成一堆。他露出了参差不齐的牙齿，苦笑着说："我想，总有一天他们会拿定主意的。"

他们在开辟上山的道路时，埃尔伍德开始了他的游历。他走过另外两栋有色人种居住的寝室楼、红色黏土铺成的篮球场，以及一幢巨大的洗衣楼。透过树木往下望，白人教学区的大致布局尽收眼底：三栋寝室楼、一座医院，还有一栋栋行政楼。教养院的头儿——校长哈迪在一栋立着美国国旗的红色大楼里工作。那里有一些大型设施，比如健身房、教堂和木工房，白人男孩和黑人男孩可以在不同时间段使用。从山顶望去，白人的校舍和有色人种的校舍一模一样。埃尔伍德想知道，白人校舍里的情况是否会更好一些，就像塔拉哈西的那些学校一样，还是说，不论学员的肤色如何，尼克尔给予的都是一样不完善的教育。

当他们抵达山顶时，园艺组突然改变主意掉头回去。山峰的另一面就是墓园"靴丘"。那里有许多白色的十字架，地上长满了灰色的野草，树木弯着腰，东倒西歪，一堵用粗糙的石头筑起的矮墙包围着这些。男孩们对那里敬而远之。

杰米解释说，如果你取道越过山峰的另一面，肯定可以抵达印刷厂，然后是第一块农场，最后是校园最北面的那片沼泽。"别担心，你迟早会去那里挖土豆的。"他对埃尔伍德说。成群结队的学生沿着山径和道路去完成各自的工作，主管们则开着州政府的车在学校里来来回回地巡视。埃尔伍德站在那里，惊奇地看到一个十三四岁的黑人男孩开着一辆旧拖拉机，拉着一辆满载学生的木制拖车。司机坐在大座位上，看上去既困倦又安详，正按照命令往农场开去。

其他男孩突然僵在原地，不再说话，这意味着斯宾塞先生来了。

在白人教学区和黑人教学区之间有一栋单层的四方楼，这栋楼矮小、狭窄，埃尔伍德觉得应该是一个储藏仓房。锈迹像藤蔓一样落在粉刷成白色的混凝土砖墙上，但窗户和前门周围的绿化却光鲜明亮。长墙上有一扇大窗户，旁边有三扇像小鸭子一样的小窗户。

这栋楼周围有一块大约一英尺见方的未经修剪的草地，无人触碰和打理过。"我们要不要把那里也修剪一下？"埃尔伍德问。

他身边的两个男孩咂了咂嘴。"哥们儿，除非他们带你，否则你不能上那儿去。"其中一个男孩说道。

晚饭前，埃尔伍德在"克利夫兰"寝室楼的娱乐室里打发课余时间。他仔细查看了那些放着纸牌、游戏棋和台球的三脚柜。学生们正在为轮到谁玩乒乓球而争吵不休，他们对着下垂的球网挥舞着球拍，在疯狂的扣杀中互相咒骂，弹跳的白球就像午后青少年参差不齐的心跳。埃尔伍德翻了翻书架上那些乏味的书籍：《哈迪男孩》和漫画书。书架上有许多关于自然科学的书已经发了霉，里面印有太空的远景和海底的特写。他打开一副纸板象棋，里面只有三个棋子——一个车和两个兵。

其他的学生要么刚刚干完活，要么刚刚运动完，他们有的上楼回自己的床铺去了，有的去了偷偷干坏事的地方。布莱克利先生走进来时停下脚步，把埃尔伍德介绍给了卡特，他是一位黑人舍管。他比这位舍监要年轻一些，看起来像是一个固执的人。卡特疑惑地快速点了点头，随后转过身去让一个在角落里吮吸手指的家伙停下来。

"克利夫兰"寝室楼里的黑人舍管和白人舍管各一半。"不管他们是什么肤色，"德斯蒙德说，"要想搞清楚他们是假装看不见，还是在找你的麻烦，只能靠扔硬币才能知道。"德斯蒙德躺在一张长沙发上，把头枕在滑稽连环画的书页上，免得沾到垫子上不卫生的污渍。"大多数人都还好，但有些人就像疯狗一样。"德斯蒙德指了指负责记录违规和出勤情况的学生干部。本周，"克利夫兰"寝室楼的学生干部是一个浅肤色的男孩，他长着一头浓密的金色鬈发，名叫柏蒂——他走路内八字。柏蒂拿着代表他职责的信物——写字板和铅笔在一楼巡逻，嘴里愉快地哼着小曲。"这个人分分钟就会告发你，"德斯蒙德说，"但要遇上一个不错的学生干部，你就可以为晋升'探索者'或'先锋'积累一些优秀的绩点。"

一声汽笛声呼啸着朝南边的山下传去。不知道那是什么。埃尔伍德从木箱子上翻了下来，摔了一跤。在他的人生道路上，该如何安放这块地方？天花板上剥落的墙皮悬垂着，乌黑的窗户每隔一小时就会变得更为阴沉。他想到金博士在华盛顿特区对高中生的演讲，演讲中，博士谈到"吉姆·克劳法"的危害以及将危害转化为行动的必要性。**它会让你的精神世界变得充实，其他任何事情皆无法办到。它会给你一种罕见的高贵感，这种感觉只能来自爱和对同胞的无私帮助。让人道主义成为毕生志业，让它成为你生活的核心。**

我被困在这儿了，不过我会尽力的，埃尔伍德对自己说，我会尽量缩短在这里的时间的。家里的每个人都认为他是一个公正、可靠的人——尼克尔的人很快也会了解到这一点的。吃晚饭的时候，他会问德斯蒙德他需要多少绩点才能从"幼虫"升级，以及大多数人要花多长时间才能晋升、毕业。然后，他会以两倍的速度加速升级。这就是他的抗争。

他这样想时，还下了三盘棋，先在一个子也没丢的情况下完胜了一局，随后又连续赢了两局。

他事后怎么也想不通，自己为什么要介入浴室里的斗殴事件。或许在哈丽特讲过的某个故事中，外公可能这样做过：路见不平，拔刀相助。

正在被欺凌的小男孩名叫科里，他之前从未见过。他在早餐桌上遇到的那几个恶霸：长着斗牛犬脸的朗尼，还有他那个脾气暴躁的伙伴布莱克·迈克。埃尔伍德走进一楼的盥洗室小便，那些高个子男孩把科里按在裂开的瓷砖墙上。也许是因为埃尔伍德不懂什么该死的人情，就像弗伦奇敦的那两个男孩说的那样。也许是因为他们个头更高，而另一个男孩个头矮小一些。他的律师曾说服法官让埃尔伍德在家里度过最后的自由时光，那天没人有空带他去尼克尔，塔拉哈西的监狱也已人满为患。也许在县监狱的严酷考验中多待上一段时间，埃尔伍德就会知道，不管事件有着怎样的潜在事实，最好不要干涉他人的暴力行为。

埃尔伍德说了声"嘿"，随后走上前去。布莱克·迈克转过身来，一拳打在他的下巴上，把他撞回到洗手池上。

另一个男孩，一个"宝贝"，打开盥洗室的门后喊了一声："哦，该死。"一个叫菲尔的白人舍管正在巡视。他一副昏昏欲睡的样子，常常对面前的是非对错视而不见。在他年轻的时候，他就认为这样做比较轻松。就像德斯蒙德所说的那样，尼克尔的正义需要通过抛硬币决定。这一天，菲尔说："你们这些小黑鬼在干什么？"他的语气很轻松，除了好奇之外，别无他意。搞清楚现场状况——是谁的错，是谁动的手，为什么要动手——不是他的职责，他的工作是控制住这些有色人种男孩，今天他的职责已经尽到了。他知道其他男孩的名字。他问新来的男孩的名字。

"斯宾塞先生会来处理这事儿的。"菲尔说。他让男孩们准备好吃晚饭。

第六章

白人男孩与黑人男孩受的伤不同,他们把那里称为"冰激凌工厂",因为出来时你身上会留下各种颜色的伤痕。而黑人男孩则把那里称为"白宫",因为这是官方名称,而且这个名字很适合那里,根本不需要修饰。"白宫"颁布法律,人人须遵守。

他们在夜里一点来,被吵醒的人很少,因为当你知道他们会来的时候,你很难睡着,即便他们不是来找你的。男孩们先是听到屋外车轮碾轧碎石地的声音,随后一扇扇门被打开,最后是重步上楼的声音。耳听就是眼见,声响在脑中的画布上留下鲜亮的笔触。那些人的手电筒舞动着亮光。他们知道男孩们的床铺在哪里——铺位间隔只有两英尺,他们在几次抓错人之后,现在在动手前会先确认一下。他们曾带走过朗尼和大个子迈克,带走过科里,也带走过埃尔伍德。

夜间到访者是斯宾塞和一个叫厄尔的舍管,厄尔是个大块头,但身手敏捷,若遇到某个男孩从后面的一间房里逃脱,不得不把其原路抓回来,好让他们继续时,他就能派上用场。州政府的车都是棕色的雪佛兰，这些车整个白天都在路上开来开去执行简单的差事，但到了晚上，它们就成了噩兆。斯宾塞曾开车送走朗尼、布莱克·迈克，厄尔带走了埃尔伍德和科里，科里的哭声整个晚上一直没停。

晚餐时，没人和埃尔伍德说话，仿佛即将发生的事情具有传染性。有些男孩在他经过时窃窃私语起来——真是个蠢货——而那三个恶棍则恶狠狠地瞪着他，不过，大多数时间里，寝室里都有一种由恐慌和不安带来的重压感，这股力量只有在他们带走几个男孩后才会散去。剩下的男孩到那时才会放松下来，有些人甚至还会做起梦来。

熄灯时，德斯蒙德悄悄对埃尔伍德说，一旦开始后，最好别动。皮带上嵌着一个倒刺，如果你不老实，它就会钩住你，撕开你的肉。科里在车里念咒一般，"我老老实实，一动不动，我老老实实，一动不动"，这样说不定就能成真。埃尔伍德没有问德斯蒙德一共被带走过多少次，因为这个男孩在给出这条建议后，就不再说话了。

"白宫"以前是一个工作仓房。他们把车停在房子后面，斯宾塞和他的人带着男孩们从后门进入。男孩们把这道门称为"挨揍入口"。从屋前的路上走过时，你不会朝那里多看一眼。斯宾塞迅速在挂着很多钥匙的钥匙扣上找到这里的钥匙，随后打开挂在门上的两个挂锁。这里散发着恶臭——尿臊味混合着其他渗进水泥的味道。门厅里只挂着一个没有灯罩的灯泡,发出嗡嗡的声音。斯宾塞和厄尔带他们走过两个监房,来到这栋楼前部的一间房前,里面放着一排拴在一起的椅子和一张桌子。

他们面前就是前门。埃尔伍德想要逃跑。但他逃不掉。这个地方的存在解释了为什么这所学校没有围墙、栅栏或者带刺的铁丝,为什么逃走的男孩这么少:这里就是限制他们的墙。

斯宾塞和厄尔首先带走了布莱克·迈克。斯宾塞说:"你以为上次之后就完事了。"

厄尔说:"再揍他一次。"

隆隆声传来:一阵狂风。埃尔伍德的椅子剧烈地摇晃着。他不知道这种晃动是什么带来的——应该是某种机器——但是它发出的声音足以盖过布莱克·迈克的喊叫声和皮带抽打在他身上的声音。进行到一半时,埃尔伍德开始数数,他想的是,如果他知道别的男孩会挨多少下,就知道自己会挨多少下了。只不过,有一个更为高级的系统决定了每个男孩要挨多少下:惯犯、教唆犯、旁观者。没有人问过埃尔伍德犯了什么事儿,即他试图在盥洗室里劝架这件事——但是,也许这次之后他就会少插手类似的事儿了。他数到二十八时,抽打停止了,随后他们把布莱克·迈克拖了出去,塞进了其中一辆车里。

科里还在啜泣,斯宾塞回来后,让他把该死的嘴闭上,随后,他们把朗尼带走去挨揍。朗尼挨了大约六十下。斯宾塞和厄尔在后面对他说了什么根本听不清，但是朗尼比他的伙伴需要更多的教导或训诫。

完事儿后，他们带科里进屋挨打，埃尔伍德注意到桌上放着一本《圣经》。

科里挨了大约七十下——埃尔伍德有几次分神了——但是这没有道理，为什么这帮欺负人的人会比被欺负的人挨的打要少？现在，他搞不清自己要进去挨几下了。没有道理。也许，里面的人也数错了。也许，对于所有暴力而言，根本不存在什么制度，也没有人——无论是看守的还是被看守的人——知道发生了什么以及发生这些事的缘由。

随后，轮到埃尔伍德了。两间监房分列大厅两边，中间隔着走廊。揍人的房间里有一张血淋淋的床垫和没有枕套的枕头，枕头上覆盖着一张张咬着枕头的嘴留下的污痕。还有一个巨大的工业电扇，隆隆声就是它发出来的，这个声音传遍了整个校园，远超物理学的传播范围。这个电扇最初是放在洗衣房里的——夏天时，这些老旧的机器引起了一场大火——但是，经过一个周期性的改制之后，州政府制定了有关体罚的新规定，某人想到一个好主意，就把这个电扇搬到了这里。电扇扇出的风把血迹吹到了墙上。声音中混杂着古怪的声响，风扇的声音盖住了男孩们的哭喊声，但是就在这股声音中，你可以清晰地听到那些人发出的指令：**握紧栏杆，别松手。敢发出响声就多打几下。闭上你那张该**

死的嘴，黑鬼。

皮带长三英尺，上面有一个木制的把手，在斯宾塞来这里之前，人们就称之为"黑美人"，尽管他手中的这根皮带已经不是最初那根了："她"需要经常修补和更换。皮革打在你腿上之前，会呼啸着划过天花板，以这种声音告诉你它要落下了，随后每抽一下，床垫上的弹簧就会发出一记响声。埃尔伍德紧紧抓住床头，嘴咬着枕头，在他们收手之前就昏了过去，所以，当人们后来问起他一共挨了几下打时，他并不知道。

第七章

　　哈丽特很少以合适的方式与她爱的人道别。她的父亲因一位市区的白人女性控告他在人行道上没有给她让路而死在了监狱里。"吉姆·克劳法"将此种行为定义为"傲慢的接触"。早年间就是这样。人们发现他吊死在监房时，他原本在等待约见法官。没人相信警察的解释。"黑鬼和监狱啊，"她的叔叔说，"黑鬼和监狱啊。"她父亲出事前两天，哈丽特放学回家时在路对面还朝他挥了挥手。这是她脑海中有关他的最后一个画面：她那个身形高大、乐呵呵的父亲正走在路上，准备去做他的第二份工作。

　　哈丽特的丈夫蒙蒂，在西蒙娜小姐酒吧爆发的一场冲突中被人用椅子击中了头部。几个来自"戈登·约翰逊训练营"的黑人退伍士兵和一群塔拉哈西的混混为该轮到谁去玩台球而起了争执。冲突最终导致两人死亡。其中一人就是她的蒙蒂，他当时挺身而出，为一个洗碗工挡住了三个白人。洗碗工男孩每年圣诞节都会给哈丽特写信。他后来在奥兰多开出租车，育有三个孩子。

在她的女儿伊芙琳和女婿帕西离开的那一晚，她和他们道了别。帕西的告别是针对多年来从事的工作，不过，她没有料到他会带走伊芙琳。帕西打完仗回来之后，镇子就容不下他了。他曾经在太平洋战区服役，在后方负责保障补给供应。

他回来后就变坏了。这倒不是在海外遇到的事儿导致的，而是他回来后目睹的一切。他热爱军队，甚至因为给他的上尉写了一封信，投诉不公平对待黑人士兵的事件而受到了嘉奖。如果美国政府能像在军队里那样，让这个城镇向黑人敞开晋升的大门，他的一生或许会发生转变。不过，让人为你上阵杀敌是一回事儿，让他住在隔壁好好活着就是另一回事儿了。《退伍军人法》为曾经当过兵的白人妥善地安排了一切，制服穿在不同的人身上，其意义也不同。白人银行都不让你进，无息贷款还有什么意义？帕西开车到米利奇维尔看望战友时，一些混混开始闹事。他要在其中一个镇上停车加油。那是一座疯狂的小镇，会让你掉脑袋的小镇。他几乎不怎么下车——所有人都知道白人男孩会对穿军装的黑人处以私刑，但是他从不相信自己会成为他们的目标。不会是他。一群白人男孩因自己没有军装穿而心生嫉妒，因此对一个让黑人穿上军装的世界感到害怕。

伊芙琳嫁给了他。自他俩还是小孩子起，她就想要嫁给他了。埃尔伍德的出生并没有让帕西的疯劲儿平静下来：玉米威士忌和旅馆之夜,他把不良的东西带进了他们位于布雷瓦德大街的家里。伊芙琳从来不是一个强势的人,当帕西走近时,她就缩成了他的附属物,他的另一条胳膊或者大腿,甚至是一张嘴:他让伊芙琳告诉哈丽特,他们打算去加利福尼亚州碰碰运气。

"什么样的人会在午夜去加利福尼亚?"哈丽特问。

"我要去见一个人碰碰运气。"帕西说。

哈丽特觉得他们会吵醒埃尔伍德。"让他睡。"伊芙琳说,这是哈丽特听他们说的最后一句话。她女儿从未展现出能当一位称职母亲的品质。哈丽特每每想起小埃尔伍德在她胸前吃奶,她脸上流露出的表情时——她那双郁郁寡欢、空无一物的眼睛透过屋里的墙壁,向纯粹的虚无望去——都会不寒而栗。

法警押走埃尔伍德的那天,是她一生中最糟糕的道别。他俩相依为命已有很长一段时间了。她说,她和马可尼先生会拜托律师再为他的案子争取一下。律师安德鲁斯先生来自亚特兰大,是一位支持黑人运动的白人,他在北方获得了法律学位,回来后整个人都变了。他每次来,哈丽特都不会让他饿肚子。他对她做的脆皮水果馅饼赞不绝口,并且对埃尔伍德的前途感到很乐观。

她告诉她的外孙,他们会在这片荆棘丛生的地方开辟出一条道路来的,并且保证会在他去尼克尔的第一个周日去探望他。但是，当她来到尼克尔时，那里的人告诉她，埃尔伍德生病了，无法探望。

她问他得了什么病。尼克尔的人说："我他妈怎么知道，女士。"

埃尔伍德躺在医院的床上，旁边的椅子上放着一条全新的牛仔裤。那一顿抽打让先前那条裤子的碎片嵌入了皮肤，医生花了两个小时才把纤维取出来。医生一次又一次地履行这样的职责。这样的细活儿只能用镊子完成。这个男孩会一直待在医院里，直到可以无痛行走为止。

库克医生的办公室就在检查室旁，他在那里面抽烟，整天和妻子打电话，为钱财或者她那些不中用的亲戚争吵。土豆味的雪茄弥漫在病房里，掩住了汗水、呕吐物和发臭的皮肤散发出的味道，这股味道直到黎明才会消散，医生会在那时来上班，再把这里重新染上那股烟味。办公室里放着一个玻璃柜，里面摆满了瓶子和医药盒，他会非常谨慎地将柜子打开，但只从中拿出一大桶阿司匹林来。

在住院期间，埃尔伍德一直趴着。原因很明显。医院教导他适应这里的节奏。威尔玛护士大多数时间都在唠叨，她身体健硕，动作粗暴，会摔抽屉和橱柜。她把头发弄成甘草红的蓬松状，在脸颊上涂上胭脂，这身打扮让埃尔伍德觉得是一个可怕的鬼娃娃活了过来，活像恐怖漫画里的人物。他曾在亲戚家的阁楼上，就着窗上的光亮，阅读《恐怖地下室》和《恐怖地窖》。他意识到，所谓的恐怖漫画，大体会带来两种类型的惩罚——受虐者遭遇了完全不应得的惩罚和施虐者收获了邪恶的快感。他把自己当前遭遇的不幸归为前一类，等着翻开新的一页。

威尔玛护士对每个因小伤小病前来就诊的白人男孩几乎都很和善，简直就是他们在这里的母亲。但对黑人男孩却没有一句好话。埃尔伍德的便盆尤其让她感到不爽——她的表情看上去就像是他把尿撒在了她伸出的手臂上。在他做过的许多抗争的梦里，他不止一次梦见她长着一张站在柜台后面拒绝给他服务的女服务员的脸，或是像水手般唾沫横飞骂着脏话的家庭主妇的脸。每天早晨，当他在医院里醒来时，他都会幻想有一天能去外面游行，让自己精神振奋。他的思绪依旧有漫游的能力。

埃尔伍德入院的第一天，医院里还住着另一个男孩，他的床位在病房最远处的角落里，藏在一张折叠帘后面。威尔玛护士或库克医生去照看他时，会在身后拉起帘子，帘子的滚轮吱吱呀呀地划过白瓷砖地面。医护人员问他话，他从来不回，但是他们的语气中透着喜悦，这是在对其他男孩说话时所没有的：这个男孩要么是重症病患，要么就是一个享受特权的人。没有一个住院的学生知道他是谁，也不知道他是因为什么住进来的。

一拨拨的男孩进进出出。埃尔伍德结识了一些在别的地方不可能遇到的白人男孩。他们有的是州政府监护的儿童，有的是孤儿，还有一些离家出走的孩子：他们在母亲为了钱而取悦别的男人时偷偷溜了出来，或者为了躲避酒鬼父亲半夜闯进他们的房间而逃出家门。他们当中有些人是狠角色。他们偷钱、辱骂老师、破坏公物，要么在台球厅里打得头破血流，要么就是有一个偷偷卖私酒的叔叔。他们被送到尼克尔所犯的罪行，埃尔伍德闻所未闻：装病、游手好闲、屡教不改。这些词那些男孩也不懂，但尼克尔让他们明白的时候，那已经不重要了。**我因为睡在车库里取暖而被抓。我从老师那里偷了五美元。有一天晚上我喝了一瓶止咳糖浆后发了狂。我只能靠自己勉强度日。**

"哇哦，他们把你照顾得不错。"每当库克医生给埃尔伍德换衣服时都会这样说。埃尔伍德不想看伤口，但不得不看。他瞥了一眼大腿内侧，腿后几道裸露在外的伤口就像一根根可怕的手指般往上爬。库克医生给了他一片阿司匹林，然后退回到办公室去了。五分钟后，他又和妻子吵了起来，因为一个无能的亲戚为实施某个项目，要来借一笔钱。

某个在半夜用鼻子喘着粗气的人吵醒了埃尔伍德，这个人已经醒来好几个小时了，他的皮肤在绷带下面火烧火燎地疼。

他在医院待了一个礼拜之后睁开了眼睛，发现特纳就睡在对面的病床上。特纳用口哨吹着《安迪·格里菲斯秀》的主题曲，声音欢快而飘忽。他口哨吹得很好，在他们之后友谊延续的日子里，他的表演成了一张总谱，表达着挣脱束缚的情绪，或发出抵抗性的评论。

特纳等威尔玛护士出去抽烟之后,才说明他来的缘由。"我想给自己放个假。"他说。他吞了一些肥皂粉,让自己得了病。胃疼一小时,快活一整天,抑或是两天,他知道怎么瞒天过海。"我在袜子里也藏了一些肥皂粉。"他说。埃尔伍德转过身去沉思起来。

"你觉得这个巫医怎么样?"特纳随后问道。库克医生刚刚给后排一个像牛一般在呻吟的白人男孩测完体温。电话铃响了,医生往那个白人男孩的手里塞了两片阿司匹林,随后走回办公室。

特纳摇着轮椅来到埃尔伍德身边。他坐着一个老旧的给小儿麻痹症患者坐的轮椅,咔嗒咔嗒地在病房里转悠。他说:"就算你把头砍掉来到这里,他照样给你阿司匹林。"

埃尔伍德不想笑,仿佛那样会让人觉得他的疼痛是假的,但是他忍不住。他的睾丸从皮带落在两腿间的地方肿了起来,笑声的抽动又把睾丸弄疼了。

"进这里的黑鬼,"特纳说,"就算把头、两条腿、两条胳膊都砍掉,那个该死的巫医也只会说:'你想要一片药,还是两片?'"他松开轮椅卡住的轮子,气呼呼地走了。

病房里除了校报《加图尔》和一本纪念建校五十周年的小册子之外,没有什么可看的。这两份东西都是由尼克尔的学生在校园的另一边印出来的。照片里的每一个男孩都在笑，但是，哪怕只是匆匆一瞥，埃尔伍德都能从他们的眼中识别出一种独属于尼克尔的麻木感。他怀疑自己也有这种麻木感，因为现在他已经完全成为这里的一员了。他用胳膊支起身子，慢慢侧过身去，又把小册子翻了几遍。

州政府在1899年开办了这所学校，当时叫"佛罗里达男子技工学校"。"这是一所劳改学校，在这里，年轻的违法分子将与邪恶的同伙分道扬镳，接受身体、智力和道德方面的训练，经过改造，重新回到社会，他们将习得一个优秀公民应有的价值和品格，活成各行业中的可敬、可信之人，或成为身怀一技之长，能够自食其力的人。"这里的男孩被称为学生，而不是囚犯，以此将他们与关押在监狱里的暴徒相区别。埃尔伍德补上一笔写道：暴徒全都是工作人员。

学校开办之后，招收的学生最小的才五岁，埃尔伍德辗转难眠，一个事实让他沉浸在悲痛之中：这些都是无助的孩子。最初的几千英亩的地都是由州政府下拨的，几年之后，当地政府又慷慨地捐赠了四百英亩。尼克尔赚到了经费。无论怎么算，印刷厂的建造都算是真正的成功之举。"单就1926年来看，印刷厂就创造了二十五万美元的利润，此外，还为学生引介了他们毕业后可以从事的实用职业。"制砖机一天可以生产两万块砖，它的产量撑起了杰克逊县大大小小的建筑。学校一年一度举办的由学生设计和布置的圣诞灯光展，吸引了几英里之外的游客前来参观，报社每一年都会派记者前来报道。

到了1949年，也就是发行那本小册子的那一年，这所学校为了纪念几年前曾接管此地的特雷弗·尼克尔而改名。这里的男孩之前总说这里之所以叫这个名字，是因为他们的命连五分钱都不值①，但事实并非如此。当你偶尔经过挂在门厅里的特雷弗·尼克尔的画像时，你会觉得他那副皱眉的样子，仿佛知道你在想什么。不，不是这样：就好像他明白你知道他正在想什么。

接下来，"克利夫兰"寝室楼里有一个患皮癣的男孩来到了医院，埃尔伍德让这个孩子回来时给他带几本书看，男孩照办了。他沉浸在一堆破旧的自然科学书里，意外地收获了一门了解远古力量的课程：地壳碰撞、高耸入云的山脉、火山喷发。所有在地底下翻滚的力量造就了地表世界。这些都是大部头的书，里面配有颜色鲜艳的图片，红色和橘黄色，与病房里灰得发白的阴沉色调形成了对比。

特纳来医院的第二天，埃尔伍德发现他从袜子里掏出一个折叠好的纸盒。特纳把里面装的东西吞了下去，一小时之后，他嗷嗷大叫起来。库克医生从办公室里走了出来，特纳呕吐在医生的

---

① 尼克尔（Nickel）这个词原意就是五分钱的意思。

鞋子上。

"我告诉你别吃东西,"库克医生说,"他们给你吃的东西会让你生病的。"

"那我还能吃什么,库克先生?"

医生眨了眨眼。

特纳清理完呕吐物之后,埃尔伍德说:"这样不会伤害你的胃吗?"

"老兄,当然会了,"特纳说,"但是,今天我就不用劳动了。虽然这些床铺凹凸不平,难受死了,但如果你知道怎么躺着舒服,还是能在这里睡个好觉的。"

躺在折叠帘后面的神秘男孩发出了一声沉重的叹息,埃尔伍德和特纳听后吓了一跳。他通常不会发出这样的声音,你会忘了周围还躺着这么一个人。

"嘿!"埃尔伍德说,"那边的人!"

"嘘!"特纳说。

随后就没有了声音,连毯子挪动的声音也听不到。

"你去看看。"埃尔伍德说。有些问题似乎得到了缓解——他今天感觉好多了。"去看看那是谁。问问他得了什么病。"

特纳盯着他,仿佛他是一个傻瓜。"我不会问任何人这种蠢问题。"

"你怕了?"埃尔伍德说,说话的语气就像他街区里的男孩在回家的路上互相奚落同伴一样。

"该死的,"特纳说,"你懂个屁。你到那后头试试看,也许你得和他换个位置。就像在鬼故事里那样。"

那一晚,威尔玛护士待到很晚,在帘子后面给那个男孩念东西。是《圣经》,声音听起来就像人们口中念叨上帝时发出的一样。

医院里的床铺满了又空了。一堆坏掉的黄桃罐头堆满了病房。床铺不够用了,病人只能头碰脚地睡在一起,那里臭气熏天,病人们咯咯地笑着。床铺上的人来来往往。有"幼虫""探索者",以及勤勉的"先锋"。受伤的人,感染的人,装病的人,痛不欲生的人,被蜘蛛咬了的人,扭伤脚踝的人,被装货机器割掉指尖的人。还有,去过"白宫"的人。其他男孩知道他去过那里之后,就不再拒他于千里之外了。他现在成了他们的一员。

埃尔伍德看烦了那条放在椅子上的新裤子。他把裤子折叠好,塞到了床垫下面。

库克医生的办公室里整天传来响亮的广播声,这声音与隔壁五金店里的响声不相上下——电锯声,钢碰钢的声音。这位医生认为,广播是一种治疗药剂,威尔玛护士则认为没有理由去溺爱这些男孩。《唐·麦克尼尔的早餐俱乐部》、布道文、连载广播剧,以及埃尔伍德的外婆听的肥皂剧。广播里播放的那些白人的烦恼听起来非常遥远，仿佛属于另外一个国度。现在，这些声音成了回到家乡弗伦奇敦的便车。

埃尔伍德好几年没有听到《阿莫斯和安迪》了。他的外婆总在《阿莫斯和安迪》播出时就把收音机关了，因为里面尽是些荒唐的用语和耻辱的不幸事件。"白人都是那样的货色，但我们没必要听他们说什么。"她在《防卫者》报上看到这档节目被停播之后，开心坏了。尼克尔周围的一家电台会播送过去的广播连续剧和鬼故事。当这档老节目重播时，没有人去碰收音机上的转钮，所有人都被阿莫斯和金菲什的滑稽语言逗笑了，黑人男孩和白人男孩都一样。"真他妈好笑极了！"

有一个电台有时会播放《安迪·格里菲斯秀》的主题曲，特纳听后会跟着吹起口哨。

"难道你就不担心他们知道你是在装病吗？"埃尔伍德问道，"你还这样开心地吹口哨。"

"我才不是装的——肥皂粉太让人难受了，"特纳说，"但只有我才会这么干，别人不会。"

这是一种愚蠢的想法，但埃尔伍德什么也没有说。现在，这首主题曲萦绕在他脑子里，埃尔伍德也学着哼唱或跟着吹口哨，但是他不愿看起来像是一个有样学样的人。这首歌在美国开凿出了一隅安宁之地。没有喷水管，也没有必要呼叫国民警卫队。埃尔伍德想到，他从没有在这个节目发生的地方——梅伯里的小镇上——看到过黑人。

收音机里有人宣布，索尼·利斯顿将迎战一个名叫卡修斯·克莱的后起之秀。"这家伙是谁？"埃尔伍德问。

"某个要被打趴下的黑鬼。"特纳说。

一天下午，埃尔伍德正半睡半醒地打着瞌睡，一阵声响传来，让他浑身不自在起来——那些钥匙发出了风铃般的声音。斯宾塞来病房看医生了。埃尔伍德等待着皮带落下前，呼啸着划过天花板的声音……随后这位主管走了，广播的声音又占据了房间。他的汗浸透了床单。

"他们会对所有人干那样的事吗？"埃尔伍德在吃过午饭后问特纳。威尔玛护士在分发火腿三明治和掺了水的葡萄汁时，会先给白人孩子们。

这个问题问得很突然，但是特纳知道埃尔伍德指的是什么。他摇着给小儿麻痹症患者坐的轮椅过来，腿上放着午餐。"并不像你挨的那样，"他说，"并没有那么厉害。我从未这样挨过打。我有一次因为抽烟被扇了一巴掌。"

"我有律师，"埃尔伍德说，"他或许可以做点什么。"

"你已经很走运了。"特纳说。

"何以见得？"

特纳咂着嘴，喝完了果汁。"有时候，他们把你带去'白宫'之后，我们就再也看不到你了。"

91

除了他俩的声音和隔壁呜咽的电锯声之外，病房没有别的动静了。埃尔伍德虽然不想知道，但还是问了起来。

"你家人会向学校问起你出了什么事，但校方会说你逃走了。"特纳说。他确定白人男孩没有在看他们。"埃尔伍德，问题在于，"他说，"你不知道这是怎么回事。就拿科里和那两个惹事的人来说吧。你打算做一些孤胆英雄干的蠢事——挺身而出，救下一个黑鬼。但是，他俩很久以前就对他下手了。明白了吧，他们三个一直这么做。科里喜欢这么干。他们粗暴地对待他，然后他把他俩带进小隔间或者别的什么地方，跪下来。他们就是那么干的。"

"我看见他的脸了，他吓坏了。"埃尔伍德说。

"你不知道他为什么那么做，"特纳说，"你不知道所有人为什么那么做。我以前觉得外面是外面，一旦你进来了，就是另一个世界。尼克尔的每一个人都因为类似你遭受的事儿而变得不一样了。斯宾塞和那些人也一样——也许在外面的自由世界里，他们都是好人。面露微笑，和善地对待他们的孩子。"他嘴角上扬，仿佛在吮吸一颗蛀牙，"但现在，我出去过，又被带了回来。我知道这里没有什么能改变人们。这里和外面都是一样的，但是在这里，没人需要再去假装。"

他在兜圈子，说的一切都指向事件本身。埃尔伍德说："这是违法的。"不仅违反国家的法律，也违反埃尔伍德心中的律法。如果所有人都视而不见，那么人人都是帮凶。如果他视而不见，那么他就和其他人一样牵涉其中。他过去就是这样认为的，他一直就是这样待人处世的，从未变过。

特纳一句话也没有说。

"事情本不该如此。"埃尔伍德说。

"没有人在乎事情本该怎样。如果你向布莱克·迈克和朗尼叫嚣，那你就是在向所有让这一切发生的人叫嚣。你出卖了所有人。"

"这就是我想对你说的。"埃尔伍德向特纳说起了他的外婆和律师安德鲁斯先生。他们或许会告发斯宾塞、厄尔和所有干尽坏事的人。他的老师希尔先生是个激进分子。他到处游行——他从那年夏天之后，没有再回到林肯高中，因为他又回去组织活动了。埃尔伍德写信告诉了他自己被捕的情况，但是不确定他是否收到了信。希尔先生认识那些想要了解类似尼克尔这类地方的人，只要他们联系上他就好。"现在和以前不一样了，"埃尔伍德说，"我们可以为自己挺身而出。"

"那套把戏在这里不好使——在这儿，你以为能做些什么？"

"你这样说是因为这里没有其他人支持你。"

"这倒是真的，"特纳说，"但这并不意味着我不知道这里的机制是什么。也许就是因为这套机制，我才把这里看得更透。"他做了一个鬼脸,就像肥皂粉让他胃疼时的表情一样,"想在这里混下去的关键和外面一样——你得明白人们是怎么做事的,然后你就得像越过障碍一样绕开他们。如果你想活着出去的话。"

"毕业就行。"

"活着出去,"特纳纠正他说,"你以为你能毕业?仅仅靠看和思考吗?没有人能把你弄出去——只有你自己能。"

第二天早上,库克医生给特纳拿来了靴子和两片阿司匹林,并且重复了医嘱,让他别吃东西。随后,病房里又只剩下埃尔伍德一人了。病房的角落里,围着无名男孩的帘子平整地摊开着。病床空了。他在夜间的某个时候,在没有吵醒任何人的情况下消失了。

埃尔伍德打算听从特纳的建议,他是认真的,但这是在他能看见自己的双腿之前的想法。这双腿让他在一段时间里不能动弹。

他在医院里又住了五天,随后就回去和其他尼克尔男孩待在一起。上课,劳动。从很多方面来看,他现在成了他们中的一员,其中包括恪守沉默的原则。他的外婆来探望他了,他无法告诉她,当库克先生拆掉医用敷料之后,他踩在冰冷的瓷砖上走到浴室里看到的一切。埃尔伍德看了看自己,明白她的心脏无法承受这一切,再加上发生这一切让他感到羞耻。他就像其他消失了的家庭成员一样，离她很远，但他此刻就坐在她的面前。在探望日那天，他对她说，他没有什么大碍，但很难过，一切都很难，但他挺住了。那时，他真正想说的是，**看看他们都对我做了什么，看看他们都对我做了什么**。

第八章

埃尔伍德出院后回到了园艺组。墨西哥人杰米又被丢到了白人那一边,所以这里由另一个男孩负责。埃尔伍德不止一次惊讶地发现自己非常暴力地挥舞着镰刀,就好像他在用皮带抽打着草一样。他停了手,让自己的心平复下来。十天之后,杰米回到了有色人种男孩这里——斯宾塞把他彻底调了回来——不过,他并不在意。"这就是我乒乓球一样的生活。"

埃尔伍德的学业不会进步了。他不得不接受这一点。他在校舍外拉住了古道尔先生的手臂,这位老师没有认出他来。古道尔再一次向他承诺会找更具挑战性的课程,但是埃尔伍德明白这位老师的意思,于是就不再问了。十一月末的一个午后,他们派埃尔伍德和一个组一起,去清理校舍的地下室,他在一堆装着1954年日历的箱子下面,发现了一整套奇普维克版的英国经典文学。这些书都是由名字类似于特罗洛普和狄更斯这样的人写的。埃尔伍德利用上课时间一本接一本地看,与此同时,他周围的男孩则在那里结结巴巴、磕磕绊绊地朗读。他原本就打算在大学里攻读英国文学。现在，他得自学了。事出无奈，只能如此。

在哈丽特的世界观中，惩罚僭越自己地位的行为是核心法则。埃尔伍德在医院时就曾想过，他们之所以这么恶毒地殴打他，是不是因为他要求上难度更大的课：**抓住那个自命不凡的黑鬼**。现在，他有了一种全新的认识：根本不存在更高级别的机制在引导尼克尔的暴行，这套机制仅仅是一种肆意的仇恨，与具体的人无关。他突然想起他在十年级的科学课上学到的一个臆造物：永恒痛苦机，它靠自身运转，无须人类操作。还有，阿基米德——他从百科全书中最先发现的词语之一。暴力是威力大到足以撬动世界的唯一杠杆。

他到处询问，但对如何早点毕业却没有一个清晰的概念。德斯蒙德，这位研究过失和学分的科学家，帮不上什么忙。"如果你做了应该做的事情，每周当即就会获得绩点。但是，如果你的舍监把你与别人搞混了，或者他来找你的麻烦——那就什么也没有了。至于什么是过失，你永远不可能知道。"记过的等级每个寝室楼都不同。抽烟、斗殴、一直保持脏乱差的状态——惩罚的大小视他们送你去哪里，以及舍管的突发奇想而定。在"克利夫兰"寝室楼，亵渎神灵的行为会记一百分的处罚——布莱克利是那种惧怕上帝的人——但在"罗斯福"寝室楼里，只会扣除五十分。在"林肯"寝室楼，手淫会扣除两百分，但如果被抓住帮别人手淫，则只会被扣除一百分。

"只会扣一百分？"

"'林肯'寝室楼就是这么定的。"德斯蒙德说，仿佛他说的是一块有精灵和旧金币的他乡异地。

埃尔伍德注意到，布莱克利喜欢喝烈酒。这人直到中午之前都迷迷糊糊的。这是否意味着他不能指望舍监的计分？埃尔伍德问，如果他不惹麻烦，一切都做得很好——他多快能从最低级别的"幼虫"爬到最高级别的"佼佼者"？"如果一切做得都很完美。"

"你已经犯过错，想做到完美就已经迟了。"德斯蒙德告诉他。

问题在于，即便你能避免麻烦，麻烦还是会自己找上门来，把你抓住。别的学生会嗅出你身上的弱点，然后开始找你的碴儿；其中一个管理人员不喜欢你的笑容，就会一拳打在你脸上。你可能会跌入厄运的荆棘丛，就像当初你被送到这里来一样。埃尔伍德决定了：到六月，他就会依靠绩点的梯子爬出这个深渊，比法官判处的期限还要少四个月。这么想令他感到欣慰——他习惯了根据学校的日历来计算时间，所以，在六月毕业会让他在尼克尔度过的这个学期变成荒废的一年。明年秋天的这个时候，他就会回到林肯高中读高三，在希尔先生的推荐下，再一次进入梅尔文·格里格斯技术学院学习。他们把他读大学的钱全花在了请律师上，但是如果埃尔伍德能在明年夏天额外打点零工的话，这笔钱他还是赚得回来的。

他确定了日期，现在需要安排具体的行动。刚出院的那几天，他感觉很糟糕，直到他想出了一个方案：把特纳的建议和从民权运动英雄身上学到的东西结合起来。就让世界遍布暴民吧——埃尔伍德会突出重围的。他们或许会咒骂他，朝他吐口水，殴打他，但他还是要到另一边去。哪怕流血流汗，他都要突出重围。

他一直在等，但是朗尼和布莱克·迈克没有来报复他。在此期间只发生了一件事，格里夫朝埃尔伍德的屁股踹了一脚，让他从楼梯上滚了下去，此外，他们并没有找他的事儿。科里，那个他挺身而出保护的男孩，有一次朝他眨了眨眼。每个人都在为尼克尔会发生的下一场灾难做准备，这场灾难不在他们的掌控之中。

一个周三，在吃完早饭之后，舍管卡特命令埃尔伍德去仓库接受新指派的任务。特纳就在那里，身边还有一个年轻的白人，他身形瘦长，像"垮掉的一代"一样无精打采的，并且留着一头散开的油腻金发。埃尔伍德见过这个人，他会在各栋楼的遮阴处抽烟。他叫哈珀，据工作人员档案的记录，他在社区服务部工作。哈珀看了一眼埃尔伍德，然后说："他能行。"他关上了仓库那扇巨大的滑门，上了锁，随后他们爬上了一辆灰色货车的前座。这辆车与学校里的其他汽车不同，上面没有印"尼克尔"这个名字。

埃尔伍德坐在中间。"我们出发吧。"特纳说。他摇下了窗户。"哈珀刚刚问我，谁能替代斯密提，我就说，你能。我告诉他，你可不是他们随便找的另一个蠢货。"

斯密提是一个高年级的男孩，住在隔壁的"罗斯福"寝室楼。他上周爬到了最高级别的"佼佼者"，已经毕业了，尽管埃尔伍德觉得用"毕业"来形容斯密提是愚蠢的。这个男孩大字不识一个，白纸一张。

哈珀说："他说你会闭上嘴，这就是要求。"他们说着话，驶离了场地。

自从医院的事情之后，埃尔伍德和特纳大多数日子里都待在一起，在"克利夫兰"寝室楼的娱乐室里靠玩跳棋、与德斯蒙德和其他脾气温和的男孩打乒乓球打发下午的时间。特纳常常会像要找什么东西似的突然闯进一个房间，开始吹牛，然后就会忘了他来这里是要干什么差事。他下棋比埃尔伍德要强，笑话比德斯蒙德说得好，并且他和杰米不一样，工作被安排得更为稳定。埃尔伍德知道特纳被派去进行社区服务了，但是当埃尔伍德问得更细一些时，他还是谨慎起来："我们是去搬东西的，确保它们最终放在应该放的地方。"

"这他——他——他妈是什么意思。"杰米说。这个男孩不是一个天生爱说脏话的人，并且他时不时的结巴也减弱了脏话的效果，但是与尼克尔的种种恶习相比，他视说脏话为稍微温和一点的选择。

"这意味着我们要去做社区服务。"埃尔伍德说。

社区服务最直白的意义是：它让埃尔伍德假装自己从未搭车去大学——他可以离开尼克尔几个小时。这是他来到这里之后，第一次出门去自由世界。自由世界是监狱里的行话，但是这个词转移到了劳改学校，因为它在这里也适用。某个男孩从他不幸的父亲或者叔叔口中，抑或在某个工作人员说起他对这里的工作的真实感受时，听到了这个词，于是这个词就这样传开了，尽管尼克尔喜欢用自己的词语。

埃尔伍德吸入肺里的空气凉凉的，窗外的一切令人眼花缭乱，精神振奋。"要这片还是那片？"他的眼科医生在检查时曾这样问，他需要在两种不同度数的镜片之间做出选择。人们明明可以四处走动，却为何习惯只看到世界的一小部分，他一直对这一问题感到惊奇。人们不知道，他们看到的只是真实事物的一小块裂片。要这片还是那片？当然是那片，货车经过的一切，万物突然变得庄严，即便是倒塌的连排棚屋、破烂的混凝土砌块房屋、一半车身淹没在某家杂草丛生的院子里的破车也不例外。他看到一块生锈的牌子，上面写着"高维C含量的野梅子"，感到此生从未像这样口渴过。

哈珀注意到埃尔伍德放松下来了。"他喜欢出来。"哈珀说，随后他和特纳都笑了起来。他打开了收音机。猫王在唱歌。哈珀跟着节拍敲打着方向盘。

从性情上看，哈珀不像是在尼克尔工作的员工。在特纳看来，他是"一个不错的白人"。他实际上是在外面野大的，他母亲的妹妹，一个在行政楼里工作的秘书抚养了他。哈珀在外面度过了无数的午后时光，对于许多白人学生来说，这就是他们的生活，长大之后，他又打起了零工。自打能拿起刷子起，他就在每年的圣诞展里画麋鹿。他现在二十岁了，可以做全职工作了。

"我姨妈说，我是个好相处的人，"一次当班时他对那些男孩说，那时他们在小卖部外面闲逛，"我想是吧。我在你们这群男孩身边长大，白人和有色人种都有，我知道你们和我一样，只不过你们不走运罢了。"

在到达消防队长的房子之前，他们在一个叫埃莉诺的小镇上停了四次。第一站是约翰餐馆——招牌上生锈的轮廓证明，这里少了一个字母和一个撇号①。他们把车停在巷子里，埃尔伍德看了看货车上的货物，纸箱和板条箱里装着尼克尔的厨房物资：豌豆罐头、一大堆黄桃罐头、苹果酱、烤豆子、肉汁。这些都是本周从佛罗里达州采购的精选物资。

哈珀点了一根烟，把耳朵贴近晶体管收音机：今日赛事。特

---

① 约翰餐馆的招牌"John's Diner"可能因年久失修看不清"'s"。

纳把一盒盒青豆和一袋袋洋葱递给埃尔伍德，然后他们再一起把货物搬到餐馆厨房的后门。

"别忘了糖浆。"哈珀说。

他们搬完后，店主——一个肥胖的乡下人，围裙就像沾满黑色污点的再生羊皮卷——出现了，拍了拍哈珀的后背。店主交给哈珀一个信封，随后问起了他家人的情况。

"你知道露希尔姨妈，"哈珀说，"应该在待着，什么也不干。"

另外两站也是饭馆——一个烤肉摊，一家县道交会处的"一肉三菜"餐馆[①]——随后他们把一批罐装蔬菜送到了顶级杂货店。哈珀从每个信封里抽出一半现金，用橡皮筋扎起来，在抵达下一个目的地之前把它丢进了杂物箱。

特纳对此一言不发。哈珀想要确定埃尔伍德对新差事是否满意。"你看起来一点也不惊讶。"这位年轻的白人说。

"惊讶感早就没有了。"埃尔伍德回应道。

"事情是这样的。斯宾塞告诉我该去哪里，还强调说这是校长哈迪的指令。"哈珀拨弄起调钮，一阵摇滚乐过后，猫王的音乐又响起了。他无处不在。"据我姨妈说，"哈珀说，"过去的

[①] "一肉三菜"餐馆（meat-and-three）：美国南方高速公路旁常见的餐馆，顾客须从提供的三种肉食中挑选一种，然后再选三种配菜搭配成套餐。

情况还要恶劣。如今州政府禁止了这项买卖，我们解雇了南校区的员工。"这意味着，他们只出售黑人学生的供应品。"以前有一个叫罗伯茨的南方人，他管着尼克尔。他是那种如果可能的话，连你呼吸的空气都能卖的主。他就是个骗子！"

"要我说，这比扫厕所强多了，"特纳说，"比修剪草地强多了。"

能出来太好了，埃尔伍德也这样觉得。在接下来的几个月里，埃尔伍德在他们"三人组"出去执行任务时，把佛罗里达州的埃莉诺看了个遍。哈珀总会把车停在供货通道上，所以埃尔伍德渐渐对这条短短的主街后巷的情况熟了起来。有时他们会卸下笔记本和铅笔，有时则是药物和绷带，但大多数时间里，他们卸下的都是食物。感恩节吃的火鸡和圣诞节吃的火腿落入了炸食物的厨师手中，小学的副校长打开装满橡皮的盒子一一清点。埃尔伍德曾感到不解，为什么尼克尔的男孩们没有配发牙膏——现在他知道了。他们停在一家叫费舍尔药店的小店后面，给当地的医生打电话，随后这名医生鬼鬼祟祟地溜到司机的窗前。有一次，他们把车停在了一栋三层的绿房子前，这所房子坐落在一条死胡同里，一个穿着毛背心、打扮得体的市议会工作人员模样的人把钱付给了哈珀。哈珀说他不知道这个人有什么故事，但是此人很有礼貌，付钱干脆，还喜欢聊佛罗里达的球队。

这片还是那片？每一次他离开教养院的地界，就如同戴上了新的镜片，一切都可以看清了。

第一天外出时，当货车卸完东西之后，埃尔伍德本以为他们会回尼克尔，但是他们却驶向了一条干净、安静的街道，那里让他想起了塔拉哈西那些更为美好的地方：白人的居住地。他们在一幢白色的大房子前停了车，这幢房子漂浮在起伏的绿色海洋之中。屋顶的旗杆上飘扬着一面美国国旗。他们下了车。货车里面有一块帆布，下面盖着涂料。

"戴维斯太太。"哈珀一边说，一边朝她点了点头。

一个留着蜂窝发型的白人女士在房子的前廊向他们挥手。"真让人激动。"她说。

她带着他们绕到后院，其间埃尔伍德没有与她进行眼神交流，后院的橡树边，坐落着一座看起来非常乏味的灰色凉台。

"就这个？"哈珀问道。

"这是我祖父四十年前建造的，"戴维斯太太说，"康拉德就是在那里向我求婚的。"她穿着一件带有千鸟格纹的黄色连衣裙，戴着像杰奎琳·肯尼迪那样的深色太阳镜。她发现自己肩膀上有一只绿色的小虫子，把它弹掉后笑了笑。

新的粉刷订单生成了。戴维斯太太给了哈珀一个扫帚，哈珀把它交给了埃尔伍德，于是埃尔伍德开始清扫露台，特纳则去货车上拿涂料。

"有你们这群男孩来帮忙太好了。"戴维斯太太在回屋之前对他们说。

"我大概在三点回来。"哈珀说。随后他也离开了。

特纳解释说,哈珀在梅普尔有个女朋友。她的丈夫在当地一家工厂上班,一上就是很长时间。

"我们在这儿刷涂料?"埃尔伍德说。

"是的,老兄。"

"他就把我们丢在这里了?"

"是的,老兄。戴维斯先生是消防队长。他经常叫我们过来干些零活儿。斯密提和我把顶楼的房间都给搞定了。"他指了指屋顶的采光窗,仿佛在向埃尔伍德讨要对自己做过的活儿的赞美,"他们家的小孩都寄宿在学校里,他们就让我们做些杂活。有时就是一些屁大的事儿,但是我宁愿待在这里,也不愿回到学校去做任何事儿。"

埃尔伍德也是这样想的。这是十一月的一个潮湿的午后,他尽情享受着自由世界里的虫鸣鸟叫。它们求偶的召唤声和警告声,很快就和特纳的口哨声合在一起——如果埃尔伍德没有听错的话,特纳哼的是查克·贝里的曲子。涂料的牌子是迪克西,颜色是迪克西白。

埃尔伍德上一次刷涂料还是在拉蒙特太太的外屋翻新时,这是他的外婆为了赚十美分,派他去做的一份零工。特纳笑着对埃尔伍德说，在过去的日子里，教养院总会派遣一队队的男孩到埃莉诺，去给那里的一些权贵干活。据哈珀说，有时候这些活就是帮忙，比如这次粉刷工作，但大多数时间里，这些活是收钱的，教养院把收来的钱当作"抚养"他们的费用，这就和种庄稼、开印刷厂、制砖弄到的钱一样。再往后，情况则更为可怕。"毕业后你不能回到家里去，你只是假释，基本上他们会把你这个廉价劳动力卖给镇里的人。你会像奴隶一样干活，住在诸如地下室之类的地方。他们打你，踢你，给你吃屎一样的东西。"

"屎一样的食物，就像我们现在吃的那样？"

"狗屁，不是的，比我们吃的更糟。"你得通过劳动还清你的债务，他说。然后，他们才会放你走。

"什么债？"

这个问题难住了他。"我从不会那样想问题。"他拉住埃尔伍德的手臂。"你不会想过得太快的，"他说，"这就是一份三天的活儿，我们干好就行。看，戴维斯太太给我们拿柠檬水来了。"

铜托盘上放着两玻璃杯柠檬水，这太棒了。

他们刷完了栏杆和墙格子。埃尔伍德拿出一罐新的迪克西白，摇了摇，撬开，搅拌起来。他告诉特纳他是如何被抓并被送到尼克尔的——"老兄，这太不公平了！"——但特纳从不谈论自己过去的生活。这是他在外面待了几乎一年后，第二次回到这所教养院了。也许问问他是怎么被抓回来的是一个打开话题的切口。尼克尔的暗潮吞没了一切,他朋友或许就被卷入其中。

特纳听了埃尔伍德的问题之后坐了下来。"你知道什么是球童吗?"

"在保龄球道边工作。"埃尔伍德说。

"我以前在坦帕市一家叫作'假日'的保龄球馆当球童。大多数类似的场馆都是用机器来摆球的,但是加菲尔德先生坚持用人工。他喜欢看他的球童蹲在每一个球道的尽头,就好像我们是一群短跑运动员一样,或者是那些等待出去捕猎的狗。这份活儿还行。人们每次投完球之后,我们就去把保龄球瓶捡起来,然后将它们摆好为下一轮做准备。我生活在埃弗里茨一家里,加菲尔德先生是他家的一个朋友。州政府支付给埃弗里茨一家钱,让他们收养孩子。付的钱不是很多。那里总会有一些我们这样的流浪儿童,进进出出。

"就像我说的,这份活儿还行。星期四是有色人种之夜,各地的人都会来,他们来自不同的有色人种保龄球联盟,那是一段美好的时光,但大多数时候来这里的主要是坦帕市的蠢乡巴佬。白人,有些是坏人,有些不那么坏。我摆球瓶的速度很快,我在工作时会自然保持微笑,在做一件事情的时候也会顾及别的事情,顾客们喜欢我,他们给我小费。我认识了一些来这里的常客。虽然和他们不熟,但每周都会见到。就这样,我渐渐和他们混熟了——如果是我认识的人,我会在他们犯规的时候开玩笑,在他们把球扔到边上的球沟或者扔出一些可笑的分瓶球时,做出像这样的鬼脸。这成了我的日常,与常客们开玩笑,我喜欢他们给的小费。

"有一个在厨房工作的老家伙,他的名字叫卢。他给人的感觉是那种不怀好意的人。他不怎么跟我们这些球童说话,只专心做汉堡。因为他不太友好,所以我们很少交流。有一天晚上,我下了班,到烤架后面去抽烟。他也在那里。他穿的围裙上沾满了油脂。那是个炎热的夜晚。他上下打量着我,对我说:'我看见你在那里做的事儿了,黑鬼,戏演得不错。你为什么总是对这些白人摇尾乞怜?难道没有人教你什么是自尊吗?'

"另外两名帮工听到这话后,他们的表情,唉,别提了。我的脸通红,恨不得动手打这个老蠢货——他不了解我。他对我一无所知。我看着他,他一动不动,站在那里抽他卷的烟,他知道我不会做任何事。因为他说的是对的。

"下一次我轮班的时候,不知道怎的,我换了一种方式。我不再和他们嬉皮笑脸了,态度变得刻薄起来。当他们把球扔到球沟或跨过线时,我的脸上没有任何友好的表情。我从他们的眼神中看到,他们意识到比赛已经变味了。也许之前,我们是假装站在同一边并且是平等的,但现在不一样了。

"那天晚上，整场比赛我都在嘲笑这只该死的啄木鸟[①]。这个傻笑的大傻瓜。轮到他了，他要打一个4-6分瓶。我就模仿起兔八哥，对他说：'这不是那只臭鼬吗？'他听后冲进了球道。他在场地里追着我跑，我从一个球道逃到另一个球道，躲着球，打乱了每个人的球局，最后他的朋友们把他拉了回去。他们总来这里，并不想给加菲尔德先生惹麻烦。他们在我表现失常前是了解我的，或者说自认为了解我，所以他的朋友们让他冷静下来，然后离开了那里。"

特纳一直露着笑容把整件往事说完。他斜着眼看了看凉台上的地板，仿佛在找什么细小的东西。"真的，事情就是这样。"他一边说，一边挠了挠耳朵上的伤口，"又过了一个礼拜，我看见那人停在停车场里的车，就用一块煤渣砸破了他的车窗，随后警察就把我抓住了。"

哈珀晚了一小时回来。他们不打算抱怨。一边是在尼克尔的休息时间，另一边是在自由世界的工作时间——这是一道简单的算术题。"我们正要去拿一架梯子。"埃尔伍德在哈珀出现时对他说。

"没问题。"哈珀说。

戴维斯太太在他们把车开走时，在走廊上向他们挥手。

[①] 啄木鸟：美国南方形容穷苦白人的一个蔑称。

"你女朋友怎么样，哈珀？"特纳问道。

哈珀把衬衫下摆塞了进去。"就在你们享受美好时光的时候，他们又提出一些与你们上次见他们时不同的想法。"

"这是当然，我知道。"特纳说。他拿了一根哈珀的烟，点燃。

埃尔伍德把在自由世界中看到的一切匆匆记了下来，以便日后在脑海中将它们重新组合。那些东西看起来是怎样的，那些东西闻起来是怎样的，以及其他诸如此类的东西。两天后，哈珀告诉埃尔伍德，他以后就待在社区服务部了。白人们总会发现他勤奋的天性。这则消息使他心情愉快。每次他们回到尼克尔后，他都会把详细情况写在一本作文簿上。日期、个人和机构的名称。有些名字需要一段时间来填补，但埃尔伍德一直是个有耐心的人，并且非常有耐心。

第九章

　　男孩们都支持格里夫，尽管他是一个卑鄙的恶霸，会撬开、挖出每个人身上的弱点；如果找不到弱点，他就会编造一个，比如，即便你从来不是一个走路内八字的人，他还是会叫你"走路内八字的狗屎"。他会绊倒他们，并嘲笑他们随之而来一屁股跌倒在地的窘况，在他发现自己可以逃脱处罚时，还会扇他们一记耳光。他把他们拖出去，丢进黑洞洞的房间。他闻起来像匹马，取笑他们的母亲，考虑到这里的学生群体普遍缺乏母爱，这一举动就显得非常下三烂了。他经常偷他们的甜点——咧嘴笑着从托盘里偷走——即便这些甜点并不怎么好吃，但这是他的准则。男孩们支持格里夫，是因为他会在一年一度的拳击比赛期间，代表尼克尔的有色人种参赛，并且无论他在这一年之后的日子里会做什么，在比赛的那一天，他就代表着所有黑皮肤的人，并且会把白人男孩击倒。

　　如果在比赛前，格里夫发了脾气，那这场比赛就会更加激烈。

十五年来，有色人种男孩一直保持着尼克尔拳击冠军的头衔。这里的老员工们还记得上一个白人冠军是谁，仍旧会提起他来，其他的往事他们很少提起。特里·"医生"·伯恩斯，来自偏僻的萨旺尼县，他是一个出拳如铁钻的南方人，因为弄死了邻居家的鸡而被送到了尼克尔。准确地说，他一共弄死了二十一只鸡，因为"其数量刚好足以逮捕他"。痛苦就像从石板瓦屋顶上滚落下来的雨滴般落在他身上。在伯恩斯回到自由世界之后，那些能闯到最后一轮的白人男孩都是胆小鬼，不堪一击，所以多年来有关这位前冠军的传奇故事变得更加离奇：上天赋予了伯恩斯一对超长的手臂；他永远不会累；他那传奇般的连击能够打倒每个对手，震得窗户咯咯作响。其实，伯恩斯这一生曾被——他的家人和陌生人——击倒、虐待过许多次，所以待他到了尼克尔之后，一切惩罚都变成了和风细雨。

这是格里夫来到拳击队的第一个学期。他在二月来到尼克尔，那时上一任拳击冠军阿克塞尔·帕克斯刚好毕业。阿克塞尔本应该在拳击赛开赛前就毕业的，但是"罗斯福"寝室楼的舍管死活让他留下来保住冠军头衔。一份说他从餐厅偷苹果的指控让他跌到了"幼虫"等级，由此确保了他参赛的可能性。格里夫作为学校里最恶毒的黑人同胞，他的出现成了阿克塞尔的天然继承者。在拳击场外，格里夫养成了恐吓那些没有朋友、喜欢哭鼻子的羸弱男孩的习惯。在拳击场内，他的猎物就站在眼前，无须他费时间去狩猎。拳击像电动烤面包机或自动洗衣机一样，是一种使生活更容易的现代便捷工具。

有色人种拳击队的教练是一个名叫马克斯·大卫的密西西比人，他在学校的车间工作。每到年末，他都会收到一个信封，以此来奖励他在此重量级比赛中传授的经验。马克斯·大卫早在今年夏天就向格里夫提出了自己的想法。"我参加第一场比赛时被打成了斜眼，"他说，"而告别赛又让我的眼睛恢复了正常。所以，相信我，我说这项运动会通过让你崩溃的方式使你变得更好，这是真话。"格里夫微笑着。整个秋天，大个子不出所料地以残忍的方式碾压了对手，把他们吓丢了魂儿。他不够优雅，也不是科学家。他是一个强有力的暴力工具，这就足够了。

考虑到在尼克尔读书的标准时长——撇开工作人员的蓄意延长不谈——大多数学生只会参加一个或两个拳击赛季。随着锦标赛的临近，"幼虫"们必须接受教导，认识到十二月里的比赛的重要性——先举行同寝室楼的预赛，然后是所在寝室楼的代表与其他两栋寝室楼选出的重磅选手之间的比赛，再然后是最优秀的黑人拳手和白人傻瓜（无论白人推举的是谁）之间的较量。在尼克尔，锦标赛或许是唯一一项体现公平的较量。

比赛就像一种抚慰人心的咒语，帮助他们度过每日遭受的屈辱。特雷弗·尼克尔带着改制的使命，成了佛罗里达男子技工学校的校长，不久之后，他于1946年创立了锦标赛。尼克尔之前从未办过学校，他是学农业出身的。然而，他在三K党的会议上发表了有关道德改善、劳动价值，以及带着关怀之心管理年轻人的即兴演说，给人留下了深刻的印象。学校举办开放日之际，那些听过他演讲的人还会想起他的激情。他在学校度过的第一个圣诞节，给了全县人民一个机会见证他带来的进步。所有需要重新粉刷的地方都重新粉刷了一遍，黑洞洞的囚室很快被改造成了无害的场所，殴打学生的行为也被转移到了白色的小公共建筑里。如果埃莉诺那些善良的人看到了那个工业电扇，他们可能会提出一两个问题，但那个棚屋并不在参观之列。

尼克尔长久以来都是一名鼓吹拳击运动的人，曾领导一个游说团体建议奥运会扩充拳击比赛。拳击在学校里一直很受欢迎，因为大多数男孩都有被打伤的经历，但这位新校长却把提升这项运动视为己任。长期以来，体育预算一直是最容易被历任校长划掉的项目，但现在，这笔预算得到了重新调整，用于购买规定设备、支持教练组。总体而言，尼克尔对健身项目有着广泛的兴趣。他坚信拥有完美体形的人类样本能创造奇迹，所以他经常看着孩子们洗澡，以监控他们体格训练的进度。

"校长？"埃尔伍德在听完特纳说的上述情况后这样问道。

"你以为坎贝尔医生是从哪里学来的那套鬼把戏？"特纳说。尼克尔不在了，但是坎贝尔医生，也就是学校的心理医生，据说经常在白人男孩的浴室里转悠，挑选心仪的对象。"所有这些肮脏的老男人都是一路货色。"

这天下午，埃尔伍德和特纳闲逛到体育馆的露天看台。格里夫在与谢里打拳，谢里是一个黑白混血儿，他把拳击作为一种教育方式，用来教育别人不要谈论他的白人母亲。他动作敏捷、轻盈，格里夫狠狠地揍了他一顿。

在十二月初的那些日子里，效仿格里夫的训练方法是"克利夫兰"寝室楼里最喜闻乐见的活动。有色人种寝室楼里的男孩们开始绕圈跑，山下那些想要减肥的白人童子军也跑了起来。自劳动节之后，格里夫就被赦免，不用去厨房当班了。他的训练蔚为壮观。马克斯不断给他吃那种由鸡蛋和燕麦组成的不明食物，并且在冰箱里放了一壶据他所说是羊血的东西。这位教练命令他喝下这种补剂，格里夫会带着极为夸张的表情将它吞下去，随后找沙袋撒气，对着它一顿猛揍。

特纳在两年前来尼克尔的第一个学期里，曾看过阿克塞尔的比赛。阿克塞尔的脚步很慢，但像老石桥一样稳定、持久，他经受住了风雨的考验。相较于格里夫粗暴的脾气，阿克塞尔对年纪稍小的孩子很善良，会保护他们。"我在想，他现在去了哪里，"特纳说，"那个黑鬼一点也不会做人，无论他在哪里，都只会把自己的事情弄得更糟。"这就是尼克尔的传统。

谢里晃动着身子，随后一屁股坐到了地上。格里夫把护齿吐了出来，随即大吼起来。布莱克·迈克跨进拳击台，把格里夫的手像自由女神像手上的火炬般高举起来。

"你认为他会把他击倒吗？"埃尔伍德问。他可能遇到的白人选手是一个名叫大个子切特的男孩，他来自沼泽地的一个族群，长得有点像头怪物。

"看看这对手臂，老兄，"特纳说，"这俩玩意儿就是活塞。或者是烟熏火腿。"

看到格里夫在赛后用没有耗尽的体力浑身颤抖着，两个"宝贝"像跟班一样把他的手套脱了下来，实难想象这个大块头会输掉比赛。这就是为什么在两天之后，当特纳听到斯宾塞让格里夫去挨揍之后，会惊讶地坐起身来。

特纳当时正在仓库的阁楼上打盹，他在装着工业洗涤剂的柳条箱之间搭起了一个安乐窝。因为要和哈珀一起工作，他可以独自进入这间大储藏室，没有人会来打扰他，这意味着特纳有了一个逃逸之所。没有监管，没有学生——只有他，外加一个枕头，一块军用毯子，以及哈珀的晶体管收音机。他一周要在这里待上好几个小时。这就像他以前浪荡街头时，不想关心任何人，也没有人想要关心他的状态一样。他曾有过类似这样的几个时期，漂泊无依，像一张旧报纸一样在街上翻滚。这个阁楼把他带回了昔日时光。

仓库门关上的声音吵醒了他。随后传来了格里夫沙哑愚笨的声音："这是干什么，斯宾塞先生，长官？"

"格里夫,你训练得怎么样?马克斯老兄说,你可是个天才。"

特纳皱起了眉头。一个白人无论何时问起你的情况,都意味着他们想要揍你一顿。格里夫傻透了,根本不知道接下来会发生什么。在班上,这个男孩吃力地算着二加三等于几,就好像他不知道他手上一共有几根该死的手指一样。校舍里有几个不要命的人嘲笑了他,格里夫就在接下来的一周,挨个儿把他们的脑袋塞进了马桶里。

特纳估计得没错:格里夫根本没理解这次秘密约见的原因。斯宾塞详述了比赛的重要性,以及十二月比赛的传统。随后他暗示说:良好的体育精神意味着得让对方赢几次。他试着委婉地说,这就好像树枝必须弯曲一点才不至于被折断。他随后诉诸宿命论:有时候,不管你怎么用力,都不会成功。但是格里夫太愚钝了。"是的,先生……我觉得你说得对,斯宾塞先生……我相信就是这么回事,先生。"最后,这位主管对格里夫说,他必须在第三轮假装被击倒,要不然他们会把他带去不归路。

"好的,斯宾塞先生。"格里夫说。特纳待在阁楼上,看不清格里夫的面容,所以不知道他是否听懂了。这个男孩长着石头般的拳头,也长着一颗榆木脑袋。

斯宾塞最后说:"你知道你能打败他。这就足够了。"他清了清嗓子,"现在,你赶紧走吧。"仿佛在赶一头走散的羊。特纳又是孤零零一个人了。

"这些话是不是在放屁？"特纳说。他和埃尔伍德在去了一趟埃莉诺之后，正懒洋洋地躺在"克利夫兰"寝室楼前的台阶上。日光渐暗，冬日就像盖在旧锅上的盖子一样垂临下来。特纳只会把这些说给埃尔伍德听。其余的那些笨蛋会把话传出去，然后就会有一大堆人知道了。

特纳之前从未遇到过像埃尔伍德这样的孩子。尽管这个塔拉哈西男孩表面看上去温和，行为举止表现得像个好好先生，而且时不时地还会进行一番令人恼火的说教，但他终归还是落到了"坚定"这个词上。他戴着一副让你想像踩蝴蝶一样在脚下踩碎的眼镜。他说起话来像一个白人大学生，会在不必读书的时候看书，并从书中提取出铀来，装配他自己的原子弹。不过，他还是——坚定的。

埃尔伍德对特纳所说的消息并不感到意外。"有组织的拳击赛在各个级别上都是腐败的，"他带着一种权威的口气说道，"报纸上经常会报道这类事。"他把在马可尼店里休息时坐在椅子上读到的东西描述了一遍，"操控比赛的唯一原因在于，你押钱在上面了。"

"如果我有钱，我也会押，"特纳说，"在假日保龄球馆时，我们有时会把钱押在季后赛上。我赢过钱。"

"人们会失望的。"埃尔伍德说。格里夫的胜利肯定会成为一场盛宴，这场盛宴会如同男孩们期望交换的一小口食物一样美味，他们幻想着白人对手会被揍得大小便失禁，或者朝校长哈迪的脸上喷一嘴血沫子，抑或洁白的牙齿"像用冰锥被凿下般"从嘴里飞出。幻想让人精力旺盛，充满力量。

"当然，"特纳说，"但是斯宾塞说，他会把他带去不归路，你听到了吗？"

"你指把他带到'白宫'里去？"

"我带你去看。"特纳说。他们在晚餐前还有一些时间。

两个人步行十分钟来到洗衣房，白天的这个时候，这里的门是关着的。特纳问埃尔伍德胳膊下夹着什么书，埃尔伍德说这本书讲的是一个英国家庭打算把长女嫁出去，以便保住他们的财产和头衔。这个故事的情节非常复杂。

"没有人愿意娶她吗？她长得丑？"

"书中写她有一张漂亮的脸庞。"

"真该死。"

他们经过洗衣房，来到一间荒废的马厩。那里的顶棚很久之前就塌了，外面的花草已经蔓延进来，畜棚上长满了骸骨般的灌木和柔软的小草。如果你不相信有鬼魂存在的话，可以在那里面干点坏事，但没有一个学生对是否有鬼魂这件事抱有明确的看法，所以为了安全起见，大家都远离这里。马厩旁边有两棵橡树，树皮上嵌着两个铁环。

"这里就是'不归路',"特纳说,"他们在把一个黑人男孩带到这里时曾提起过一次。他们把他绑在这对铁环上,把他的手臂撑开,然后用马鞭抽打他。"

埃尔伍德握紧双拳,然后突然问道:"就不带白人男孩来吗?"

"'白宫'是一视同仁的地方,但这里却是区别对待的。他们把你带上不归路,完事儿后不会把你带回医院。他们会把你当成逃犯,然后就没有下文了,哥们儿。"

"那怎么和他们的家人交代呢?"

"你认识的这些男孩中,多少是有家人的?或者说,是有家人关心的?并不是所有人都像你一样,埃尔伍德。"埃尔伍德的外婆会来看他,给他带零食吃,这让特纳心生嫉妒,这种嫉妒之情时不时地会爆发出来,就像现在。埃尔伍德像戴着眼罩的马,四处走动。法律只是一方面——如果你让足够多的白人相信你,那么你就可以去游行,挥舞标语,去改变法律。在坦帕市,特纳看到穿着整洁的衬衫、系着领带的大学生坐在沃尔沃斯商场里。他必须干活,但他们却在外面抗议。事情起了变化——他们对所有人开放了柜台。虽然不管怎样,特纳都没钱在那儿吃饭。你或许可以改变法律,但是你无法改变人们,也无法改变他们对待彼此的方式。种族主义在尼克尔盛行——在这里工作的人有一半可能在周末打扮得像三K党一样——但在特纳看来,人心要比皮肤更黑。这就是斯宾塞。这就是斯宾塞,这就是格里夫,这就是所有把孩子送到这里来的家长。这就是人。

这就是特纳把埃尔伍德带到这两棵树前来的原因。为了给他看书本里没有的东西。

埃尔伍德抓住其中一个铁环,拉了一下。它很结实,现在已经成了树干的一部分。人的骨头在铁环松动前就会被折断。

哈珀两天后证实了这一赌博行为。他们在特里烧烤店卸下两头猪。"交给他们了。"特纳说,哈珀关上货车门。他们手上散发着杀猪后留下的味道,他问起了这项比赛。

"等筛选出厉害的选手后,我会去押一点钱。"哈珀说。在尼克尔校长掌管一切的时候,赌博是偶尔为之的事儿——为了确保体育的纯洁性,等等。现今,有钱的人多了起来,三个县里是个人都可以下注。好吧,不是所有人,必须有工作人员为你担保。"不管怎么说,你把钱都押在有色人种男孩身上就对了。不这么押就是犯傻。"

"所有的拳击比赛都有鬼。"埃尔伍德说。

"就像一个乡村牧师一样虚伪。"特纳说。

"他们之前可不会那样做。"哈珀说。他说的是他的童年时期。哈珀是在贵宾席里大口嚼着爆米花,看着这些比赛长大的。"当时,拳击还是很好看的赛事。"

特纳哼了一声,吹起了口哨。

大赛分两晚进行。首先，白人阵营和黑人阵营将决定派谁去参加主赛事。在过去的两个月里，体育馆搭起了三个拳击台用以训练，现在只剩下一个拳击台留在这间大房间的中央。外面寒风刺骨，观众走进这个潮湿的洞窟里。镇里来的白人把最靠近拳击台的折叠椅全都占了，后面是教工坐的地方，再往后就是学生们，他们挤在看台上，蹲在地板上，粗糙的手肘相互紧挨着。学校的种族划分在体育馆里重现，白人男孩占据了南边的半个体育馆，黑人男孩占据了北半边。他们在边界线上相互推搡。

哈迪校长充当了典礼的主持人。他很少离开行政大楼的办公室。特纳自万圣节之后就没有见过他，当时他穿着吸血鬼的服装，手上都是汗，在给低年级的学生分发玉米糖。他个头很矮，被紧紧地裹在西服里，一个秃脑袋在一团白发中漂浮着。哈迪的妻子也来了，她是一个健壮的美女，每次到访都会引起学生们的热议，尽管只是偷偷地评论——肆无忌惮地看她会被强行拖去挨打。她曾当选南路易斯安那州小姐，至少传言是这么说的。她拿着一把纸扇子，给脖子降温。

哈迪夫妇与校董事会成员一起坐在最前面。特纳在打理庭院、给他们送火腿的过程中认识了大多数校董事会的成员。他们从亚麻领子中露出的粉红脖子，就是你可以攻击的最薄弱的一寸。

哈珀和其他工作人员都坐在贵宾席的后面。在主管同事的陪伴下，他收起了那套坐视不管的态度，举止显得与平时不同。特纳在许多个下午都看到过，当舍管或者主管出现时，这个人会把表情和姿态调整到最佳状态。一瞬间，丢掉伪装或者戴上伪装。

哈迪简单地说了几句。董事会主席查尔斯·格雷森先生——他是一位银行经理，也是尼克尔教养院的长期资助者——到周五就满六十岁了。哈迪让学生们齐唱生日快乐歌。格雷森先生起立，点头致意，双手放在后面，看起来就像一个独裁者。

白人寝室楼的人首先躁动起来。大个子切特从护栏绳中挤了进去，跳到拳击台的中心。他的啦啦队满怀热情地表达着他们的敬意，他指挥着一个军团。白人男孩并不像黑人男孩那样期待这场比赛，他们似乎并不在尼克尔，因为这个世界的人都很关注他们。大个子切特是他们"白人的伟大希望"。传言把他塑造成了一个梦游者，说他可以在浴室墙上打出洞来却不会醒。到了早上，人们发现他在吮吸那血淋淋的指关节。"这个黑小子看起来就像个科学怪人。"特纳说。方脑袋，长胳膊，走起路来一摇一摆。

第一场比赛打了三轮，没什么看头。那位在白天管理印刷厂的人，现在当起了裁判，他判定大个子切特获胜，没有人提出异议。自从他扇了一个孩子耳光，手上那只兄弟会的戒指让那个孩子的眼睛瞎了一半之后，他就被认为具有了公平的品格。在那之后，他朝我们的救世主下跪忏悔，除了对他的妻子之外，再也没有愤怒地举起过手。这个白人男孩的第二场比赛以一记上勾拳拉开了帷幕，这一拳让大个子切特的对手遁入了幼年时的恐惧。在这一轮的剩余时间里以及接下来两轮中，他像兔子一样灵活地跑动着。裁判在做判定时，大个子切特把手伸进嘴里翻找起来，把分成两半的护齿吐了出来。他把粗壮的胳膊举向天空。

"我觉得他会打赢格里夫。"埃尔伍德说。

"或许吧，但是他俩得较量过后才知道。"如果你有权让别人去做你想做的事情，却从不使用，那拥有这种权力又有什么意义呢？

格里夫与"罗斯福"和"林肯"寝室楼选出的冠军之间的比赛很快就结束了。佩蒂伯恩个头比格里夫矮了一英尺，他们面对面站一起时，你就会发现他俩明显不是一个等级的，但是他毕竟赢得了"罗斯福"寝室楼的第一名，就是这样。铃声一响，格里夫就冲了出去，用一连串嗖嗖嗖的重拳，羞辱了他的对手。观众见状，脸上一阵抽搐。"他今晚上要拿肋骨当晚餐了！"特纳身后的男孩喊道。佩蒂伯恩踮着脚尖，梦游似的摇摆着，随后就脸朝下直接向脏垫子倒下去了，哈迪太太见状，尖叫了起来。

第二场比赛就没有那么一边倒了。格里夫像给廉价肉上嫩肉粉一样，与"林肯"寝室楼的男孩打了三轮，但是威尔逊挺住了，向他的父亲证明了自己的价值。威尔逊打了两场比赛，一场是所有人都能看到的比赛，另一场是只有他能看到的比赛。他的父亲已经去世多年，再也无法改变对他这位长子性格的评定，但在那天晚上，威尔逊多年来第一次没有做噩梦。裁判面露关心的微笑，宣布格里夫赢得了比赛。

特纳环视了一下房间，看了看统计出来的比分和男孩们，以及参与赌博的人。你操纵了一场比赛，就得给那些上当者一点甜头。在坦帕市离埃佛里茨家几个街区开外的地方，有一个街头骗子在雪茄店门口设了几轮"找到那个女士"的牌局。他整天都在赚那些上当者的钱，在纸板箱上挥舞着那些纸牌。他手指上的戒指在阳光下闪闪发光。特纳喜欢在那周围转悠，后来也被这场牌局吸引了。他想要找到红桃Q在哪里，于是就追踪那位骗子的眼神，也追踪押注者的眼神。随后他们翻开纸牌：当他们发现自己并不如自己想象的那么聪明时，脸色立马就掉下来。骗子让特纳走开，但几个星期以后，他感到厌烦了，就让这个男孩在周围看。"你得让他们以为他们知道这一切是怎么玩的，"有一天他对特纳说，"他们会用自己的眼睛看，就这一点会让他们分心，这样他们就看不到更深的玄机了。"警察把他送进监狱时，他的纸箱在街角的巷子里放了好几个星期。

想到明天的比赛，特纳的思绪又回到了那个街角。他旁观着一场"找到那个女士"的牌局，既不是骗子，也不是押注者，处在游戏之外，却知道游戏的规则。第二天晚上，那些白人就会押钱，黑人男孩们则会押上他们心中的希望，随后，那位骗子就会翻出一张黑桃A，把这一切全都赢走。特纳还记得两年前阿克塞尔比赛时大家的兴奋劲儿，这些男孩在意识到他们的现状可以有所改变之后，表现出了疯狂的喜悦。他们兴奋了几个小时，仿佛置身于自由世界中，随后一切又重回尼克尔。

这些人，都是受骗者。

在格里夫进行重要比赛的那天早上，黑人学生从痛苦的失眠中起床，在餐厅里喋喋不休地谈论着格里夫即将取得的胜利的规模和程度。**那个白人男孩会被打得像我年迈的奶奶一样没了牙齿。巫医会给他开一整桶的阿司匹林，不过他依旧会头疼不止。三K党会在头罩底下哭上一整个礼拜**。有色人种男孩在课堂上唾沫横飞地讨论着，推演着，眼神飘向了远方，还有一些男孩在甘薯地里无心劳作。他们反复想着黑人夺冠的前景：他们当中的一个人成功地改变了现状，而那些一直压着你的人化成了灰烬，眼冒金星。

格里夫昂首阔步，像个黑人公爵，身后跟着一群"宝贝"。年幼的孩子们向他们想象出的对手挥舞着拳头，还创作了一首颂扬新生英雄高超技艺的歌曲。格里夫已经一个礼拜没有在拳台外流过血或欺负过别人了，仿佛他对着《圣经》起过誓一样。布莱克·迈克和朗尼为了团结，也收了手。无论怎么看，格里夫都没有被斯宾塞的命令分心，或者在埃尔伍德看来是这样的。"他好像把这事儿给忘了。"早餐后，他们走向仓库时，他低声对特纳说。

"如果我能受到所有人这样的尊重，我也乐意这样做。"特纳说。到了第二天，这一切就会像从未发生过一样。他记得阿克塞尔在打完决赛后的那个下午，一直推着运送水泥的独轮车，心情忧郁，又回到了之前不受人重视的境地。"要到什么时候那些憎恶、恐惧你的傻瓜，下一次会像对待哈里·贝拉方特那样对待你？"

"要么，他就是把那事儿给忘了。"埃尔伍德说。

那天晚上，他们鱼贯进入体育馆。有些在厨房工作的男孩支起了一个大水壶，用来做爆米花，然后把做好的爆米花舀进纸筒里。"幼虫"们咯吱咯吱地将它们吃完，随后跑到队伍后面来要第二份。特纳、埃尔伍德和杰米挤在看台的中间。这是个好位置。"嘿，杰米，你不是应该坐在那边吗？"特纳问道。

杰米笑了笑说："依我说，哪一边赢都算是我方的胜利。"

特纳双手抱胸，扫视着坐在楼下的那些面孔。斯宾塞在那里。他和前排的那些大人物、校长和校长夫人一一握手，然后和工作人员坐在了一起，看上去扬扬得意，信心十足。他从风衣里拿出一个银色的小扁酒瓶，喝了一口。银行经理在分发雪茄。哈迪太太接过一根，大家都看着她抽烟。一缕缕纤细的灰色烟雾在顶灯的照射下袅袅上升，就像一个个活灵活现的鬼魂。

房间的另一边，白人男孩们在木地板上跺脚，巨大的响声从墙上反弹回来。黑人男孩予以回应，于是，错落有致的跺脚声，疾风骤雨般在房间里翻滚。声浪涌过一整圈之后，男孩们才停下来，为他们的喧闹欢呼起来。

"把他送到殡葬员那里去！"

裁判敲响了钟声。两位选手个头一致，身形相当，仿佛是从一个模子里刻出来的。这是一场势均力敌的比赛，尽管黑人保持着夺冠的纪录。在开始的几轮比赛中，没有人晃身或躲闪。两个男孩一遍又一遍地互相出拳，互相攻击，不惧伤痛。人群对每一次进展和反转都发出了吼叫声和嘲笑声。布莱克·迈克和朗尼趴在护栏绳上，用污言秽语谩骂大个子切特，直到裁判把台上选手的双手拉开为止。就算格里夫害怕不小心把大个子切特击倒，他也不会表现出来。这位黑巨人毫不留情地击打着这个白人男孩，并将对手的反击全部化解，随后再猛击那男孩的脸，就像猛击监狱的墙壁一样。血水和汗水模糊了他的双眼，但他对大个子切特的位置却保持着一种可怕的直觉，避开了对方的攻击。

第二轮结束时，不得不说格里夫拿下了比赛，尽管大个子切特的攻击令人钦佩。

"看起来不错。"特纳说。

埃尔伍德对整场赛事轻蔑地皱起了眉头，特纳看了，露出了微笑。这场战斗就像他对特纳说起过的那场洗碗比赛一样，充满了舞弊和腐败行为，这是这台机器中另一个压制黑人的装置。特纳欣喜地发现，他的朋友有了新的变化，变得玩世不恭起来，正如他发现自己已经任由这场大战的魔力摆布一样。看着格里夫——他们的敌人和冠军——让白人男孩受到了伤害，这让同为黑人的男孩们感到雀跃。这是一种不由自主的感觉。现在，他们已经进入了第三轮，即比赛的最后一轮，他想把那种感觉保持下去。这种感觉是真实的——在他们的血液和思想中——即便赛事本身是一个谎言。特纳确定格里夫将赢得比赛，尽管他知道他赢不了。毕竟，特纳是一个押注者，另一个受骗者，但他不在乎。

大个子切特朝格里夫逼近，展开一连串快速攻击，把格里夫逼到了角落里。格里夫被困住了，随后特纳想，是时候了。但是，这个黑人男孩紧紧地抱住了他的对手，稳住了脚步。几记重拳让白人男孩踉跄起来。这一轮进入读秒时刻，但是格里夫并没有松懈。大个子切特砰的一拳想打碎他的鼻子，但格里夫挡开了他挥来的拳头。特纳每次看到的认输的完美时机——大个子切特猛烈的攻击甚至可以掩盖最拙劣的表演——格里夫都拒绝了。

特纳轻轻推了埃尔伍德一下，后者脸上带着恐惧的神色。他们预见到，格里夫不会倒下。他会因为这样而被人带走。

接下来会发生什么不重要了。

最后的钟声响起，拳击台上这两个尼克尔男孩还扭打在一起，浑身是血，通体是汗，身形像一个人形帐篷一样互相支撑着。裁判将两人分开，他俩跌跌撞撞地退到角落里，精疲力竭。

特纳说:"完蛋了。"

"也许他们取消了原定的计划。"埃尔伍德说。

当然,裁判也有可能参与其中,他们决定用这种方式替代原来操控比赛的方法。斯宾塞的反应推翻了这个假设。这位主管是第二排中唯一还坐在那里的人,脸上一副恶狠狠的怒容。其中一个大人物转过身来,红着脸,抓住了他的手臂。

格里夫猛地站了起来,笨重地拖着身子,走到拳击台中央,并且大声喊叫着。人群发出的噪声盖过了他说的话。布莱克·迈克和朗尼拦住了他们那位似乎失去了理智的朋友。他挣扎着穿过拳击台。

裁判要求所有人安静下来,并宣布他的判定结果:前两轮格里夫获胜,最后一轮大个子切特获胜。总比分黑人男孩获胜。

格里夫没有绕场欢呼,相反,他独自不安地扭动着身体,随后穿过拳击台,来到斯宾塞的座位面前。现在,特纳能听清他说的话了:"我以为这是第二轮!我以为这是第二轮!"黑人男孩为他们的冠军欢呼呐喊,把他带回"罗斯福"寝室楼时,他依旧在大喊大叫。他们之前从没有见格里夫哭过,因此把这当成了胜利的泪水。

头部受到撞击会让你的脑子嗡嗡作响。头部受到拳击那样的撞击则会让你一头雾水,充满疑惑。特纳从没有想过,这会让你忘记二加一等于几。但是他觉得,格里夫的算术一直不好。

那天晚上在拳击场，他是所有黑皮肤的人的代表。而当白人把他带到不归路那两个铁环前时，他同样是所有黑皮肤的人的代表。那天晚上，他们来找格里夫，他就再也没有回来过。传言说，他太自鸣得意了，不肯认输。也就是说，他拒绝下跪。男孩们选择相信格里夫逃走了，越狱了，跑到自由世界中去了，这会让他们好受些，除此之外，也没人告诉他们别的消息，尽管有人注意到，学校没有拉响警报，也没有派猎狗出去，这令人感到奇怪。五十年后，当佛罗里达州政府把他从地里挖出来的时候，法医检查出他的手腕骨折过，并推测他死前曾遭到捆绑，除此之外，骨折还证明了他曾遭受过其他的暴力行为。

大多数知道树上那对吊环的故事的人现在都已去世。铁环还在那里，生了锈，深深扎进树干里，向任何愿意倾听的人做证。

第十章

某些缺德的人砸坏了驯鹿的头。孩子们聚在一起包装精美的圣诞摆设时就预计到，假期过后，它们会有一定程度的损耗。鹿角被弄弯了，一条鹿腿自关节的碎片处被扭转过来。摆在他们面前的是恶意破坏公物的行为。

"看看这个东西。"贝克小姐说，还从嘴里发出"咝"的一声。贝克小姐是尼克尔一位年轻的教师，总在酝酿不满情绪。在尼克尔，她的不满主要源自有色人种的美术室的简陋条件，以及时断时续的用具供应情况，这些状况可以理解为对她提倡的各种改进措施的惯有抵制。年轻的教师们待不久就会离开。"在这里工作太难了。"

特纳从驯鹿的脑袋里抽出揉成一团的报纸，然后将它展开。报纸上的头条新闻对尼克松与肯尼迪之间举行的第一场辩论做出了裁定：大败。"这个家伙已经没有希望了。"他说。

埃尔伍德抬起头来："你想让我们重新做一整只驯鹿，还是只重做一个驯鹿脑袋就行，贝克小姐？"

"我觉得它的身体我们还可以补救一下。"她说。她做了个鬼脸，把红色的鬈发盘成一个髻。"把它的头弄一下就行，把它身上的毛补上，明年我们再重新做。"

佛罗里达狭长地带的游客，以及佐治亚州和亚拉巴马州的家庭，每年都会乘坐大篷车来这里参加一年一度的圣诞集市。这是这所学校行政部门的骄傲，也是募集资金的慷慨之举，它证明改革不仅是一个崇高的概念，还是一个切实可行的方案。一点点地执行，一环扣一环。五英里长的彩灯从雪松上垂下来，将南校区的屋顶全都点亮了。三十英尺高的圣诞老人站在车道边，需要一台起重机才能把它组装起来。围绕足球场转圈的微型蒸汽火车的组装指南，就像庄严教派的卷轴一样，传了几十年。

去年的圣诞展览吸引了超过十万名的游客。校长哈迪坚持认为，尼克尔教养院的好孩子们没有理由不去将这个数字提高一下。

白人学生负责大型装饰的建造和组装——巨型雪橇、耶稣诞生的模拟场景、火车轨道——黑人学生则负责大多数粉刷、修补、添加新的装饰物的工作。他们要去修正以前不那么细心的男孩们犯下的错误，将老旧的机器翻新一下。寝室里的每条走道上都摆放着三英尺高的拐杖糖，每一根都必须重新刷上红白色的油漆。海报尺寸的大型圣诞贺卡上，画着发生在《北极圈》的恶作剧、类似《糖果屋历险记》《三只小猪》这样受欢迎的童话故事,以及《圣经》故事的重新创作。卡片斜放在学校的道路旁,就像在装饰大剧院的大厅一样。

无论这些工作是否会让他们想起家乡的圣诞节——尽管他们在家里过节也过得不好,抑或说这是他们这一辈子第一次过真正的假期,总之,这里的学生都很爱一年里的这个时候。每个人都收到了礼物——杰克逊县在这一点上十分慷慨——白人和黑人都一样,不仅仅收到了毛衣和内衣,还有棒球手套和一箱箱锡制玩具兵。那一天早上,他们就像来自夜里安宁、没有恶行的友善街区的好孩子。

就连特纳也笑了起来,他摸了摸姜饼人贺卡,想起这位民间英雄的战斗口号:"你们抓不住我,你们抓不住我。"这或许是不错的方法。他不记得故事的结尾了。

贝克小姐给他派了一个任务,于是他就和杰米、埃尔伍德、德斯蒙德一起糊纸模。

德斯蒙德小声说道:"杰米提的厄尔。"

那个东西是德斯蒙德找到的,计划却是杰米想到的。对于一个刚刚成为"先锋"的学生来说,这不太像是他的提议。几乎不可能。杰米和埃尔伍德一样,都是在塔拉哈西长大的,但是他俩差异很大。不同的社区,不同的城市。他听人说,他的父亲是个全职的诈骗犯,并且在一家卖吸尘器的公司兼职当销售,曾驾车沿着狭长地带的公路行驶,并挨家挨户地敲门推销。不知道他是如何遇见杰米的母亲的，但是杰米是他们相识的证据，而从一间短租房搬到另一间短租房的吸尘器则是另一个证据。

万圣节那天，杰米的母亲埃莉在南门罗的可口可乐罐装厂扫地。杰米和他的伙伴常去附近的火车调车场闲逛。他们玩骰子，轮流看一本被翻烂的《花花公子》杂志。他是个好孩子，虽然不太常去学校，但如果不是去车库，他永远也不会了解到尼克尔的内部情况。有一个经常来车库的老酒鬼把他的手伸进了杰米的一个伙伴的裤子里，于是他们就把他打昏了。杰米是唯一被副警长抓住的人。

在尼克尔读书的日子里，这位墨西哥男孩从不掺和其他孩子的争吵，那些孩子会为了心理上的地盘和无止境的侵犯进行无数次的争吵。尽管杰米不断换寝室，但他一直漠然处之，并让自己参照尼克尔行为手册上的规定行事——这是一个奇迹，因为尽管这里的员工一再援引这本手册，但没有人看到过它。就如同正义一样，它只存在于理论中。

偷偷给主管的饮料里加东西不是他的作风。

但是，如果把东西倒给厄尔，就不一样了。

德斯蒙德在甘薯地里工作。他从不抱怨。他喜欢即将收获时，甘薯散发出来的味道，那股味道暖暖的，闻起来像泥炭，就像他父亲干完活回到家之后，在确认德斯蒙德的被子掖得很好时散发出来的汗味。

上个星期，一个小组受命前去重新布置工作仓库，也就是那个他们存放拖拉机的灰色大仓库，德斯蒙德就是其中一员。那里的灯有一半都不亮了，小动物在各处安了家。蜘蛛网布满其中一个角落，德斯蒙德用扫帚朝这片白色的花丛刺去，却担心会有什么东西突然冒出来。他发现这里堆着一些易拉罐，于是就找了个地方存放它们，但是，有一个绿色的废弃易拉罐，上面的字迹太模糊了，看不太清写的是什么。他摇了摇这个易拉罐：里面的东西全都凝固住了。他问其中一个高年级的男孩该怎么处理，那个男孩说这玩意儿不该放在这里。"这是给马吃的药，它们在吃了不该吃的东西后，这玩意儿能让它们吐出来。"附近就有一些破旧的马厩——也许他们把马厩关了之后，这些破烂就被扔到了这里。在尼克尔，事情都会在该结束的时候结束，但是一个懒惰或者淘气的人有时会打乱这种秩序。

德斯蒙德把这罐药藏在风衣里，带回了"克利夫兰"寝室楼。

其中一个人——当这事儿结束时，没人记得他是谁——建议把这罐东西倒进管理人员的饮料里。不然德斯蒙德把它带来有何用？杰米冷静地反驳了那些反对意见，使得这项计划变成了现实。"你会把它倒到谁的饮料里？"杰米带着夸张的口气，挨个儿问他的朋友。杰米一提问，就会不自觉地结巴起来——他有一个手很快的叔叔——但是在讨论易拉罐的问题时，他却不结

137

巴了。

德斯蒙德提议帕特里克，这位舍管曾因为他弄湿了床而打了他，还让他在半夜里把弄脏的床垫拖到洗衣房去。"那个该死的啄木鸟——我真想看他把肠子吐出来。"

放学后，他们待在"克利夫兰"寝室楼的娱乐室里。周围没有别的人。偶尔会从旁边的田径场里传来欢呼声。你会把它倒进谁的饮料里？埃尔伍德提议达金。没人知道他和达金之间发生过争吵。达金是一个虎背熊腰的白人，总是瞪着一双惺忪的牛眼，走来走去。他会突然出现在你面前，让你觉得就像突然遇到了一个水坑或者坑洞，你会发现他那双厚实的双手比你想象的还要快，他会掐住你的肩胛骨，扼住你那细细的脖子。埃尔伍德告诉他们，这位主管曾因为他与一个在医院里遇到的白人学生聊天而揍了他一顿。两个校区之间的学生情谊就这样被阻止了。男孩们点了点头——"这说得通"——但是他们都知道，埃尔伍德实际上想把易拉罐里的东西倒进斯宾塞的饮料里。这样做是为了他的双腿。谁也不敢在这样近乎白日做梦的时候提起斯宾塞的名字，不然他们就是在白费口舌。

"我打算把那玩意儿倒进温赖特的饮料里。"特纳说。他告诉他们，在他来尼克尔的第一个学期，温赖特是如何发现他抽烟的。温赖特肤色苍白，但是所有黑人男孩都能从他头发和鼻子的样子看出，他有黑人的血统。他殴打那些黑人男孩，因为他们知道他自己假装不知道的事实。"埃尔，我那时比你还嫩。"自那以后，没人再逮到过他抽烟。

轮到杰米了。他直截了当地说："厄尔。"也没有多加解释。

为什么？

"他自己清楚。"

日子一天天过去，男孩们的玩笑在跳棋和乒乓球之间打转。当他们看到另一个学生遭到虐待，或者突然想起自己的遭遇——一次训斥，一记耳光时，不同的目标就会出现。有一个名字依旧经常出现：厄尔。有一天，埃尔伍德在轮到自己提议时，没有提到达金，但提到了厄尔。厄尔在他们带他去"白宫"那晚并没有殴打埃尔伍德，他不是斯宾塞，但当斯宾塞免职之后，他离斯宾塞曾经的位置就很近了。

当埃尔伍德问起"假日午餐是什么？"的时候，他或许已经知道了答案。

"假日午餐"是在寝室大厅的日历上标出的。德斯蒙德说，这不是为他们，而是为这里的员工准备的。为了犒劳他们在北校区又辛苦工作了一年所筹备的一顿佳肴。

特纳说："他们会搜刮肉类储藏柜，给自己找上等的牛肉吃。"男孩们会自告奋勇地利用这个机会去当服务员，以此来增加自己的绩点。

德斯蒙德说："这是个下手的好机会。"这话明确了时机，但没说要对谁下手。

杰米，如同以往一样，说道："厄尔。"

厄尔有时在南校区工作，有时在北校区工作。大多数情况下，两边校区的人都应该听说过杰米和这位主管之间的恩怨，但两边都把精力花在白人身上，谁知道他们之间到底发生了什么。或许在情人巷发生了什么，或许是一些流言蜚语，又或许是一个白人男孩的诬陷。厄尔是车辆调配场举办的酒会上的常客。当车辆调配场的灯在夜晚亮起之后，你可以听到他们还在那里继续，你得祈祷自己不会挨揍，或者不被选为去情人巷约会的对象。不管是哪一种，结局都会很糟糕。

绿色易拉罐里装着奇怪的药。男孩们为一个正义的咒语收集用词和语调。正义或是报复。没有人愿意承认，他们一直在策划一场真正会去实施的计划。随着圣诞节的临近，他们不断提起这件事，相互交换着想法，让彼此都能考量它的重要性和分量。随着这个恶作剧从抽象的概念发展为实际的行动，各种"怎么""什么时候"和"如果"之类的问题全都冒了出来。德斯蒙德、特纳和杰米并没有意识到，他们已经不再把埃尔伍德考虑在内了。这违背了他的道德良知。很难想象受人尊敬的马丁·路德·金会给奥瓦尔·福伯斯州长的饮料里投几盎司的碱液。埃尔伍德在"白宫"遭受的殴打让他遍体鳞伤，受伤的不仅是他的双腿。伤痛深深地渗进了他的人格。斯宾塞出现时，他的肩膀就会往下耷拉，这是退缩、畏惧的表现。在事实落在他眼前之前，他只能忍受人们大谈特谈复仇。

随后，话题突然终止了，男孩们不再谈起这件事。当杰米发起新一轮"我们应该去对付谁"的话题时，德斯蒙德说："他们会把我们打死的。"

"我们得小心点。"杰米说。

"我想去玩一会儿篮球。"德斯蒙德说，随后就走了出去。

特纳叹了一口气。他不得不承认这个游戏已经变得无聊了。他们讨厌的一个人会在摆满美味佳肴的"假日午餐"上呕吐起来，并把呕吐物飞溅到所有"啄木鸟"身上。他会把大便拉在裤子上，脸疼得像草莓一样红，不停地呕吐，直到吐出的不再是食物，而是深色的血液。最起码他想象过这样的画面，倒也不错。一幅令人愉悦的场景，亦是一种不同的解药。但是他们不会那样做，这个事实让愿景破灭了。特纳站起身来，杰米摇了摇头，和他们一起去打篮球了。

到了周五——"假日午餐"举办的日子，社区服务小队出去例行公事。哈珀、特纳，以及埃尔伍德刚刚忙完杂货店的活儿，这位主管说他有别的事儿要去做。"我马上就会回来，"他对他们说，"你们可以在这里等我。"

货车开走了。特纳和埃尔伍德沿着杂乱的小巷来到了大街上。哈珀之前就抛下过他俩，那时他们正在一个校董的房子里干活。永远别去主街。即便经过两个月的后巷交易，埃尔伍德还是不相信这句话。"我们可以四处走走吗？"他问特纳。

"我们又不是去闹事，走吧。"特纳说，仿佛他们之前已经去过很多次一样。

在主街上看到尼克尔的学生并不算罕见。学生们穿着州政府发的斜纹衣，从灰色的校车上下来执行社区服务——真正的社区服务，而不是特纳和埃尔伍德接受的这种特殊服务——在独立日烟火表演或者独立日游行后，清理公园的垃圾。每一个季度，合唱团都会去浸信会教堂，向人们展示他们美妙的歌喉，而哈迪校长的秘书们则会分发信封筹集捐款。有时可以看到一个男孩在主管的陪伴下，突然进城办一两件事。两个无人陪伴的有色人种男孩却不常见。当时正是午饭时分。埃莉诺的白人试图分辨他俩是谁。这两个男孩既不躲闪，也不害怕。他们的主管或许就在五金店里——邦当先生讨厌黑人，让他们在外面等着。白人继续往前走。这不关他们的事儿。

圣诞玩具——发条机器人、气弹枪和上了漆的火车——摆满了杂货店的前窗。这两个男孩知道，他们得压抑住对这些依旧具有诱惑力的孩童玩具的热情。他们快速地走过银行。校董成员，至少是有权力签署诸如关于劳改的学校规定这类官方文件的白人，会在这个地方出没。

"在这里逛感觉真怪。"埃尔伍德说。

"没事的。"特纳说。

"没人在看。"埃尔伍德说。

人行道上没有人，此刻是午间交通的空闲时间。特纳看了看周围，露出了微笑。他知道埃尔伍德在想什么。"他们大多数人都谈起过逃到沼泽地去，"特纳说，"在那里洗掉身上的味道，这样那些狗就追不到他们了，随后就躲在沼泽地里，直到岸上安全之后，他们就搭车去别的地方。往西或者往北走。不过，他们会在那里逮住你，因为所有人都会往那里跑。并且，你身上的味道是洗不掉的，这只会发生在电影里。"

"那你会怎么做呢？"

特纳在脑中盘算过很多次，但从未和别人说过。"你得逃到这儿才能奔向自由世界，而不是沼泽地。从晾衣绳上顺走一件衣服。不能往北，得往南跑，因为他们觉得你不会往南跑。看到我们送货时路边的那些空房子了吗？托利弗先生的房子——他一直在首都做买卖。你冲进这些房子，抢一些补给物，然后尽可能地和狗拉开距离，累死它们。秘诀在于，不要按照他们知道你会做的那样去做。"随后，他想起了最重要的部分，"还有，别带其他人一起跑。这些蠢货一个也别带。他们会把你拖下水的。"

他们闲逛到药店前。窗子后面，一个金发女人蹲在婴儿车旁，把一勺冰激凌送到她孩子的嘴里。这个小男孩脏兮兮的，脸上涂满了巧克力，正开心地大喊大叫。

"你有钱吗？"特纳说。

"比你带得多。"埃尔伍德说。

他们其实一分钱也没有。两个人笑了，因为他们知道药店是不卖东西给黑人顾客的，有时候，笑可以从又高又宽的种族隔离墙上敲下几块砖来。他们之所以笑，是因为冰激凌是他们最不想吃的东西。

埃尔伍德的反感是可以理解的，参观"冰激凌厂"的经历给他留下了深刻的印象。特纳讨厌这些东西是因为他姨妈的男朋友，此人在特纳十一岁的时候搬来和他们一起住。梅维斯是他母亲的妹妹，也是他唯一的家人。佛罗里达州政府不知道她的情况，因此表格的空白处本该写上梅维斯的名字，但他已经和她住了有一段时间。他父亲克拉伦斯有点游手好闲，这倒不是说因为特纳也有同样的毛病，所以不得不提起这位父亲。特纳记得他长着两只棕色的大手，笑起来声音刺耳。当他听到秋叶在风中沙沙作响时，就会想起那种笑声。几十年后，当尼克尔的孩子们听到皮革发出清脆的啪嗒声时，也会这样想起去"白宫"的经历。

特纳最后一次见到父亲是在他三岁的时候。从那以后，这个人就成了一阵风。他的母亲多萝西陪在他身边的时间更长，一直到她被自己的呕吐物噎死为止。她的口味很独特——劣酒，酒越劣越好。她去世那天晚上喝的东西，让她的身体扭曲、发青，她冰冷地躺在前屋的沙发上。他知道母亲现在被埋在什么地方——圣塞巴斯蒂安公墓地下六英尺的地方——这也是他在正直的朋友埃尔伍德身上发现的同病相怜之处。埃尔伍德的父母去了西部，甚至连一张明信片都没寄来过。什么样的母亲会在半夜离开她的孩子？一个毫不在乎他的人。特纳把这个记了下来，如果他和埃尔伍德真打起来的话，他就把这当成损他的一个卑劣手段。特纳知道他的母亲爱他。她只是更喜欢酒罢了。

他的姨妈梅维斯收留了他，确保特纳一天三顿有饭吃，上学时有整洁的衣服可以穿。每个月的最后一个星期六，她会穿上漂亮的红裙子，在脖子上喷上香水，和她的女性朋友们一起出去，除此之外，她就在医院待着，她在那里当护士，还有就是照顾特纳。从来没有人说她长得漂亮。她有一双小小的黑眼睛，一个双下巴。当伊什梅尔开始追求她时，她很快就坠入了爱河。他说她漂亮，还说了许多她以前从未听过的话。伊什梅尔是休斯敦机场的一名维修工，无论他洗多少次澡，皮肤上永远都弥漫着一股车间的味道，每当他拿着花来见她时，花香几乎刚够把那股味道盖过去。

伊什梅尔是个在背地里使阴招的人，他就像蓄电池一样积攒着暴力；从那时起，特纳学会了辨认这些人。一想到他，梅维斯就喜上眉梢，唱起她喜爱的歌舞片里的小曲，把自己锁在房间的浴室里，用电热梳卷发，与此同时，晶体管收音机则在噼啪作响。声音时断时续。特纳从来没有想过，为什么有一次她连续两周都戴着太阳镜，为什么有些早晨她会待在自己的房间里，直到中午才出来，并且一瘸一拐地轻声呻吟。

特纳把自己挡在梅维斯和伊什梅尔的拳头之间的第二天，伊什梅尔带他去吃冰激凌。A.J.史密斯冰激凌店，就在市场街那边。"给这个年轻人来一份你们这儿最大的圣代。"每一口都像塞在嘴里的袜子。他把每一勺都痛苦地吃光了，从那以后，他突然意识到大人们总是想收买孩子们，让他们遗忘大人所做的恶行。当他最后一次从姨妈家跑出来的时候，他的嘴里还有那种吃过袜子留下的味道似的。

尼克尔教养院每个月都会给学生们吃一次香草冰激凌，这会让学生们快乐得尖叫起来，就像猪圈里一群愚笨的小猪，以至于特纳想把每个人都揍扁。这个月的第三个星期三，特纳和埃尔伍德把北校区大部分的冰激凌配给卸在了埃莉诺的药房后门。特纳觉得他是在为他的同学们服务，是在保护他们。

那位金发女人把婴儿车推到门口，埃尔伍德为她打开了门。她一句话也没说。

哈珀把车停好，在前座朝他们挥手。"你俩没干什么坏事吧？"

"没有，先生。"特纳说。他悄悄对埃尔伍德说："别偷走我的计划，埃尔。这个计划非常值钱。"他们上了货车。

他们开着车回有色人种校区，经过行政楼时，学生们焦虑地在草地上挤作一团。哈珀放慢车速，叫来其中一个白人男孩。

"发生了什么事？"

"他们把厄尔先生送去了医院。他好像得了什么病。"

哈珀把货车停在仓库边，随后朝医院跑去。埃尔伍德和特纳赶忙朝"克利夫兰"寝室楼奔去。埃尔伍德像松鼠一样四处张望，特纳则使劲挺起前胸，这让他的动作看起来像太空机器人一样。他们想知道发生了什么。尽管校园里实行种族隔离，但为了安全起见，黑人男孩和白人男孩还是会相互传递消息。有时候，尼克尔的氛围就像家里一样，你讨厌的哥哥或姐姐会在父母心情不好，或者整日酗酒时警告你当心，以便自己做好应对准备。

他们发现德斯蒙德站在有色人种的餐厅外面。特纳朝里面望去。工作人员的餐桌在出事后依旧没有收拾。留着一半没有收拾——翻倒的椅子表明这里一片混乱，血迹昭示着他们把厄尔拖出来的地方。

"我觉得这不是那个药搞的。"德斯蒙德说。他深沉的声音中添加了一种邪恶的语调。

特纳朝他的肩膀打了一拳："你想害死我们！"

"不是我干的！不是我干的！"德斯蒙德说，他越过特纳的肩膀，朝"白宫"望去。

埃尔伍德用手捂着嘴巴。血迹中有半个工装靴的脚印。他猛然转过身，朝山下走去。他想看看工作人员会不会来找他们。

"杰米在哪里？"

"是那个黑鬼。"德斯蒙德说。

他们在餐厅的台阶上商量应对策略。特纳建议他们出去转转，从其他学生那里收集有关厄尔病情的信息。他没有说，他想留在那里是因为那里离学校东边的马路很近。如果斯宾塞带人过来，他就可以飞快地逃走。**你们抓不住我，我是姜饼人。**

一小时后，杰米出现了，他看上去凌乱不堪，有点头昏眼花，就像刚坐完旋转椅。他把他们从其他男孩那里听到的故事补全了。"假日午餐"照常开始。每年只会晾干一次的特制桌布铺在工作人员的桌子上，精致的盘子上的灰尘也被擦干净了。主管们各就各位，一边喝着啤酒，一边连讲带编地说着胸部丰满的秘书和老师们的下流故事。他们说话声很大，聊得非常尽兴。几分钟后，厄尔突然站了起来，捂着自己的肚子。他们以为他噎住了。然后他开始把吃进去的东西全都喷了出来。当他吐出血来的时候，他们带他下山，去了医院。

杰米告诉他们，他混在那堆男孩里，一直在病房门口等着，直到救护车把他带走为止。

"你疯了。"埃尔伍德说。

"我没有下手。"杰米说。他脸上一点表情也没有。"我当时在踢足球。每个人都看到了我。"

"我放在柜子里的那个易拉罐不见了。"德斯蒙德说。

"我和你说过，我没拿，"杰米说，"也许某人把你那个该死的玩意儿拿走了，然后下了手。"他拍了拍德斯蒙德的肩膀，"你说过，那是给马吃的药！"

"他就是这么和我说的，"德斯蒙德说，"你也看到了——易拉罐上画着一匹马。"

"也许是一头山羊。"特纳说。

"也许是给马吃的毒药。"埃尔伍德说。

"或者是给羊吃的毒药。"特纳补充说。

"它们又不是老鼠，蠢货，"德斯蒙德说，"人们只会射杀马匹，不会毒死它们。"

"他还算走运，没有死掉。"杰米说。埃尔伍德和德斯蒙德不断向他施压，但他的说辞没有改变。

他们很难不注意到杰米不时露出的微笑。特纳对杰米当着他们的面撒谎并不生气。他欣赏那些尽管谎言假得很明显，还要不断说谎的人，但现在谁也做不了什么。这又是一个在别人面前无能为力的证明。杰米不愿承认，所以，特纳只能盯着男孩们和山下的一举一动。

厄尔没有死。但他也没有回来工作。这是医生的命令。他们会在接下来的几天里听到这个消息。几个星期后，他们发现厄尔的替代者——一个名叫亨内平的高个子男人——更卑鄙，会使许多男孩屈服于他残酷的心血来潮。但他们挺过了第一个晚上，丝毫没有紧张，当库克医生将厄尔的不适归咎于他的体质时——他似乎有家族病史——特纳放弃了逃跑的计划。

就在熄灯前，他和埃尔伍德去寝室门外的大橡树下待了一会儿。整个校园已经安静下来了。特纳想抽根烟，但是他的包落在了仓库的阁楼里。于是，他吹起了口哨，就是那首哈珀在他们外出时一直放的猫王的歌。

夜虫开始一波波地叫唤。"埃尔，"特纳说，"这都是鬼扯。"

"不过，我希望能看到当时发生了什么。"埃尔伍德说。

"哈。"

"我希望这件事发生在斯宾塞身上，"埃尔伍德说，"如果那样就好了。"他把手掌放在大腿后侧，每当他回忆起被打的经历，就会抚摸那个位置。

他们听到一声欢呼。山下，主管们打开了圣诞装饰灯，男孩们看到过去几周辛苦工作的成果。绿色、红色和白色的灯泡沿着树木和南校区的建筑，勾勒出一条节日的道路。在远处的黑暗中，入口处的大圣诞老人从里面散发出恶魔般的火光。

"看看这些灯光。"特纳说。

越过"白宫"，闪烁的灯光勾勒出老水塔的轮廓——一个白人小孩在固定水塔时从梯子上掉了下来，锁骨骨折了。灯光飘浮在"X"形的木制支柱上，环绕着巨大的水箱，勾勒出三角形的顶端，就像一艘等待起飞的宇宙飞船。这让特纳想起了什么。他想到了——电视里介绍"欢乐小镇"的广告。那愚蠢、欢快的音乐，碰碰车，云霄飞车，还有原子火箭。其他男孩会不时地谈论起那个地方，说当他们重返自由世界时，就会去那里玩。特纳认为这很愚蠢。他们不让有色人种去那些好玩的地方。但它就在他面前，指向星空，停靠在上百个闪烁的光点中，等待着起飞：那是一架火箭。在黑暗中发射，飞往另一个他们看不见的黑暗星球。

"真好看。"特纳说。

"我们干得不错。"埃尔伍德说。

Part Three
第三部分

第十一章

"埃尔伍德?"

他在客厅里咕哝了一下,算是回应。透过窗户可以瞥见下面的百老汇大街的一景:萨米的修鞋店、关门的旅行社,以及马路中心的分道线。他的视角呈梯形,把这块独属于他的城市一景装进了雪花水晶球。这是一个吸烟的好地方,而且他还找到了一种既不会让他的背疼加剧,又能在窗台上歇息的方法。

"我要出去买一袋冰,我受不了了。"丹妮丝说道,随即就在身后关上了前门。他上周给了她一套钥匙。

他并不怕热。这座城市肯定知道该如何调配出一个可怕的夏天,但在这些炎热的日子里,南方却一点也不热。自从他来到这里,纽约人在地铁上、酒吧里抱怨夏天的炎热,都让他偷偷发笑。埃尔伍德到这个城市的第一天也发生了一次垃圾清洁工的罢工运动,但那是在二月。气味还没那么难闻。这一次,每当他走出楼下的门厅,臭味就像一个灌木丛——他想用一把大砍刀开路。清洁工这才罢工两天。

1968年的野猫罢工①使得他对这座城市的最初印象非常糟糕，以至于不得不把这种印象理解为对他的一种羞辱。铁垃圾桶包围了人行道——它们被堆得到处都是，好几天没人管了——捆绑好的袋子和纸板箱里放着新产生的垃圾，被胡乱堆积在铁垃圾桶边上。他在完全了解一个新地方之前，会尽量避免乘坐公共交通工具，并且，他以前从未坐过地铁。他从港务局一路走到上城区。走直线是不可能的。他绕着垃圾堆来回穿梭。当他到达位于99号街，行业自律组织所在的斯塔特勒大楼时，发现居民已经在两堆巨大的垃圾山之间开辟出了一条通往前门的路。老鼠来回奔窜。如果你想突入二楼的某个房间，就必须从垃圾山上爬过去。

经理给了他一把可以打开后面位于四楼之上的一个地方的钥匙。房间里面有煤气灶，走廊尽头有盥洗室。在巴尔的摩工作时的一个同事告诉过他有关廉价旅馆的情况，为他勾勒出一幅可怕的画面。事情并不像那家伙说的那么糟。他在更糟的地方待过。几天后，他在A&P超市买了清洁剂，自己打扫了厕所和淋浴房。没有人会理会这里——这种公用地方。他把肮脏的厕所的各个地方都擦了好几遍。

他跪在恶臭之中。欢迎来到纽约。

---

① 野猫罢工（wildcat strike）：一种不是由工会组织的罢工形式。一般来说，罢工的形式根据有无组织领导，即是否由工会组织，分为正式罢工（official strike）和野猫罢工。

丹妮丝走在百老汇大街上,从他俯望的地方穿过。从街道的水平面来看,大多数日子里,分道线都很干净。但从三楼往下看,你可以看到长椅和树木,会发现地铁通风口的格栅和铺石路上到处都是垃圾。纸袋、啤酒瓶和报纸。现在垃圾到处都是,随风飘荡。随着最近罢工的进行,每个人都目睹了他长久以来看到的情况:一团糟的城市。

他把烟丢进茶杯里,然后走到沙发前,没有发出"咚"声。每次他拱起背,感觉没什么事,就会忘记不能动作太快,随即"咚"一声——那是他的脊柱爆发出的。坐在马桶上,咚;提起裤子,咚。他痛得像狗一样尖叫起来,然后在地板上蜷缩了一会儿。浴室冰凉的瓷砖贴着他的皮肤。这是他自己犯的错。你永远都不知道这些抽屉和盒子里装着什么。有一次,他们在给那个老乌克兰人——一个领了养老金的警察,举家搬去了费城,他在那里有一个侄女——搬家的时候,他弯腰去抬一张床头柜,脊柱发出了一声巨响。拉里说,他都能从走廊上听到响声。那个老警察把他的哑铃放在了床头柜里。那玩意儿重三百磅,老头把它放在床头柜里是想万一半夜想举几下,马上就可以拿得到。上星期,让他的背感到不舒服的是一张木制的大写字台,它看上去没什么危险,但他一直在加班赚钱。他感到困倦,所以就放松了警惕。

"你得和那个叫丹妮丝的时髦娘儿们去看看你这个病。"拉里对他说。等丹妮丝回来,在厨房里放置补买的朗姆酒和可乐的时候，他会让她再倒一瓶热水来。

　　大多数夜晚，这个街区都很吵，充斥着萨尔萨舞的乐曲声，今天晚上声音格外大，因为天气太热，家家的窗户都开着，再加上明天就是独立日了。大家都放假了。如果他的背不太疼的话，他们打算去科尼岛看烟火，但今晚他们得待在家里观看第四频道播放的《挣脱锁链》。西德尼·波蒂埃和托尼·柯蒂斯饰演的两个被铁链锁在一起的罪犯，为了躲避猎狗和拿着猎枪、面无表情的警察的追捕，设法穿过一片沼泽地。虚假的好莱坞垃圾片，但只要有这样的电影，他都会观看。他们还常看《深夜秀》，丹妮丝喜欢西德尼·波蒂埃。

　　他的房间里摆满了工作时捡回来的旧家具。房间在某种程度上成了一间陈列室，展示着全纽约人的家具，家具经常更换，新的搬进来，旧的搬出去。他的双人床上铺着他喜欢的那种超级硬的床垫，梳妆台上有别致的黄铜饰钉，还有各式的灯和地毯。人们搬家的时候会丢掉很多东西——有时候他们不仅换了地方，还变了名声。在"经济阶梯"上或上或下。也许床与新的地方不搭，抑或是沙发太过方正了，又或许他们是新婚夫妇，在婚礼清单上已经有了一套新的客厅配置。许多这样的白人家庭正在迁往郊区，向着长岛和韦斯特切斯特分散，他们正重新开始——摆脱城市，这意味着摆脱他们过去对自己的看法。他和地平线搬家公司的其他员工在垃圾工动手之前就获得了优先挑选垃圾的权力。

他现在躺着的这张沙发是他七年来换得的第十二张了。家具不断升级。这是为搬家公司干活的福利之一，虽然有时这份工作会让你的背遭罪。

即使他像个暂居者一样搜刮家具，但总归还是要扎根下来的。除了他儿时的家，这里是他住得最久的地方。他待在纽约的时间从在行业自律组织的工作开始。他在那里待了几个月，后来去了四兄弟餐馆洗盘子。他兜兜转转——上城区，东哈莱姆区——直到打听到地平线搬家公司，在那里获得了一份稳定的工作为止，再然后才在百老汇边上的第82街安顿下来。房东把门推开时，他就知道自己会把这间公寓租下来：就是这儿。到现在，已经四年了。"我现在是中产阶级了。"他对自己开玩笑说。甚至连蟑螂都是高贵的品种，当他打开浴室的灯时，它们不会无视他的存在，而是四处乱窜。他把它们的谦虚看作一种高尚的风度。

丹妮丝回来了。"你没听到我在外面的声音吗？"她走进厨房，用一把切黄油的刀切冰块。

"你说什么？"

"有一只老鼠从我脚间穿了过去，我喊了一声。就是刚才那声。"她说。

丹妮丝个头很高，有着哈莱姆地区人的强壮身材，完全可以加入女子篮球联盟中的一支球队。她是那种天不怕地不怕的城市女孩。他见过她大骂那个肌肉发达的蠢货的场景。她当时正走在大街上，那个人低声说了些难听的话，于是她冲着那家伙一通大骂，但一只老鼠会让她像小女孩一样尖叫起来。丹妮丝绝对不是一个小女孩，所以当她展现出自己小女孩那一面的时候，总会给人带来惊喜。她住在第126大街，紧邻一块空地，现在高温和垃圾让空地比往常更有生活气息。那些讨人厌的老鼠无处不在，纷纷从地洞里钻了出来。她说她昨晚看到一只像狗一样大的老鼠。"它叫起来也像狗。"他认为可能那就是一只狗。她今天不回去了，他很高兴她能来陪他。

她星期三的夜课因为独立日取消了。他也放了假，那天下午她过来时，埃尔伍德还在睡觉，于是她就上床和他一起睡下了。她把大银耳环——这是阿特金森家送的礼物，这家人从海龟湾搬去了约克大道，家里有三个孩子、一条狗，还有一套金贝儿百货的餐厅设备——放在床头柜时把他吵醒了。如今她知道他背上哪儿疼，她帮他揉了揉，然后叫他翻过身来，爬到了他身上。当他们做完爱，彼此缠绵的时候，房间里的温度仿佛又上升了十摄氏度。温朗姆酒和可乐的降温效果只持续了一段时间，该加些冰块了。

他们是在第131大街的那所高中认识的。那里夜间开设成人教育课。当时他正在攻读一般教育发展考试的文凭，而她在隔壁的教室里教多米尼加人和波兰人英语（ESL）。他等到课程全都结束后，才约她出去。他拿到了文凭，很自豪，这样的时刻会让你意识到，自己的生活中缺少一个在意你偶尔胜利的人。他曾在心底默默想过获得文凭的事。他就像呵护手中蜡烛的火焰，不让风把它吹灭一样守护着这个念头。他不断地在地铁上看到"按照自己的条件，利用晚上的时间完成学业"的广告。拿到文凭后，他很高兴，来了句"总算他妈搞定了"，便径直走向她。她有一双棕色的大眼睛，鼻子上有一排雀斑。**按照他的条件**。他几乎从来没有这样做过。

他约她出去，但她拒绝了。她那时正在和别人约会。一个月之后，她叫上了他，两个人一起去库班中餐馆吃了饭。

丹妮丝端了加了冰的可乐朗姆酒过来。"我去做一些三明治。"她说。

他架起了电视桌板，这块桌板是沃特斯先生从阿姆斯特丹大道搬去布朗克斯区的亚瑟大道时留下的。它折叠起来正好能放进沙发和茶几之间的空隙。真该给发明这玩意儿的人颁发诺贝尔物理学奖。

"他们需要行动起来，把那些垃圾都收拾了，"丹妮丝在厨房喊，"比姆得拿起电话和那些人谈谈。"

她认为那位市长是个无赖，巴不得人们罢工，因为罢工给人们提供了抱怨的机会。当他把兔耳形室内天线扭到收看第四频道的最佳位置时，她一一说出了自己的不满。她说，首先，那股味道——腐烂食物的味道,上面还喷着消毒剂。消毒剂是用来对付成群飞到垃圾上的苍蝇,以及盘绕在人行道上的蛆的。再者是烟雾。人们为了消除垃圾而焚烧垃圾——他不明白这是怎么回事,对人类这种动物还在研究了解中——楼房之间微弱的风把烟雾吹得到处都是。消防车分散在大街小巷,呼啸着穿过这座城市。

还得算上老鼠。

他叹了一口气。在每一次争论中,他都会站在普通人这一边,这是第一准则。警察和政客,阔佬和法官,各种各样操弄手段的浑蛋。"他们一直操控着一切,他们应该放手,"他说,"他们都是为人们服务的人。"比姆市长、尼克松和他说过的屁话,让他都想去投票了。但只要有可能,他就尽量避开政府,不能存有丝毫侥幸。

"宝贝,你还是坐下吧,"他说,"我来搞定这些。"

"我已经做完了。"为了把他的热水瓶加满,她还把烧水壶放上了炉子。烧水壶发出类似哨子的声音。

焚烧垃圾散发的烟从客厅的窗户里偷偷溜了进来,他打开了卧室里的那扇门,以便交叉通风。她是对的。如果这次罢工持续的时间和上次一样长,那就真的麻烦了。外面太可怕了。但对城市的其他人来说是件好事,可以让他们看到实际生活的地方是什么样。

试着用他的视角来看。看看他们还会多喜欢这里。

新闻主播播报了假日的天气，简要介绍了罢工的最新情况——"谈判仍在继续"——并告诉观众继续收看接下来的《九点电影》节目。

他用玻璃杯碰了碰她的杯子："你现在已经嫁给我了——这就是戒指。"

"你说什么？"

"这是从电影里学来的。西德尼·波蒂埃说的。"西德尼一边说这话时，一边把将他和乡下佬绑在一起的链子举了起来。

"你说话得谨慎点。"

当然，对话内容会根据说话者和听话者的不同而改变。就像那部电影的结局一样。一方面，两个罪犯都没有逃脱。或者从另一个角度看，如果他俩弄死了那个警察，他俩都可以获得自由。也许这无关紧要——反正他俩都完蛋了。几年之后，他不再看这部电影了，并不是因为它是那种老掉牙的玩意儿，或者他们颠倒了事实，又或者说它标记出他已经走了多远，而是因为看这部电影会让他难过，悲伤会激发他身上那疯狂的一面。从某种程度上来说，他意识到，避免接触让你情绪低落的事，才是更明智的做法。

然而那天晚上，他没有看到电影的结局，因为丹妮丝穿着一条牛仔裙，那双粗壮的大腿露在外面，总让他分神。播放抗酸剂广告时，他把手伸了过去。

看《挣脱锁链》，做爱，然后睡觉。消防车在夜间行驶。明天早上不管背疼不疼，他都得起床出门，因为他十点钟要去见一个人，然后去把货车买下来。他床下的靴子里塞着一卷钞票，他怀念发薪日往里面加二十块钱带来的满足感。他把自助洗衣店里的那张宣传单撕了，这样就没人能抢在他之前得到它：一辆1967年款的福特伊克诺莱恩。它需要重新抛光，才能显得有光泽，不过，第125大街上的那些人欠他一些人情，答应帮他把车搞好。这样一来，他就可以在给地平线搬家公司打工之外，自己揽点活干。周末也可以干活，把拉里带上，这样他就能还清他母亲的钱了。卫生部是指望不上的，拉里抱怨说，但他孩子的抚养费却像美国钢铁公司一样"屹立不倒"。

他打算把公司命名为"佼佼者搬家公司"（Ace Moving）。AAA这个名字已经被人取了，而他想让公司的名字位于电话簿的前面。六个月前，他意识到，这个名字来自他在尼克尔的时光。佼佼者：在自由世界里曲折前行。

第十二章

一共有四种离开尼克尔的方式。

第一，刑满释放。典型的刑期为六个月至两年，但在被释放之前，行政机构有权自行决定是否依法释放犯人。如果一个谨慎小心的男孩积攒了足够的绩点，晋升为"佼佼者"，良好的表现就可以确保他被合法释放。随之，他就可以回到家人的怀抱中去，家人们或喜迎他的归来，又或者只要他的脸浮现在人行道上，就退避三舍，这是下一次灾难倒计时的开始。如果你没有家，佛罗里达州的儿童福利机构有各种各样的监护措施，其中一些措施比另一些更为体贴。

你也可以在这里服刑到超龄为止。男孩们过十八岁生日的那天，这所学校会把他们带到大门前，与他们匆匆握手，并给他们一笔零花钱。他们可以自由选择，要么回家，要么在冷漠的世界里自求多福，很有可能走上生活中更为艰难的一条路。男孩们在来尼克尔之前，就已被各种方式折磨得伤痕累累，而在这里上学时，他们又会受到更多的伤害和打击。通常，等待他们的是更严重的过错和更严厉的处罚。如果有人想要刻画出尼克尔男孩普遍的人生轨迹，那将会是：他们在来学校之前、就读期间和离校之后都饱受摧残。

第二，法院可能会介入。这算是奇迹事件。一位失散多年的姑妈或堂兄突然出现，解除了州政府对你的监护权。如果亲爱的妈妈有办法的话，她会派来律师，律师根据情况的变化，通过辩护请求宽大处理：**他的父亲现已去世，我们需要一个养家糊口的人。**也许当值的法官——新官上任或是同样性情乖戾——会出于个人原因介入此案。比如，金钱交易。不过，如果家人有贿赂的钱，这个男孩从一开始就不会被送到尼克尔。然而，法律在不同程度上依旧腐败且变化无常，有时，一个男孩会被认为是在神的干预下获得释放。

第三，你可能会死。除了不健康的环境、营养不良，以及一系列无情的过失会导致死亡，还会存在"自然原因"。1945年的夏天，一个小男孩因关禁闭而死于心力衰竭，而关禁闭在当时是一种被普遍采用的矫正行为的方法，法医则将死因归为自然原因。想象一下，在一个铁笼子里忍受烘烤，直到你的身体精疲力竭，拧成一团。流感、结核病、肺炎，以及意外事故、溺水和跌倒都会夺走他们的生命。1921年的那场大火夺去了二十三条人命。宿舍的一半出口都被闩上了，位于三楼黑暗牢房里的两个男孩没能从中逃离。

死去的男孩要么被埋在"靴丘"的泥土里，要么被交给家人料理后事。有些死因则更为恶毒。尽管学校的档案不完整，但查看后可以发现，这些死因包括：被钝器所伤，被猎枪击中。20世纪上半叶，租借给当地家庭做工的男孩有时会受伤致死。学生们在"未经许可的休假"中被杀。两个男孩被卡车轧死。这些死亡从未被调查过。南佛罗里达大学的考古专业的学生们注意到，那些多次尝试逃跑的人的死亡率比那些没有逃跑过的人要高。其中一名学生推测：那个没有被标记的墓地里还深藏着许多秘密。

第四，最终，你可能会逃脱。试着逃一次，看看会发生什么。

有些男孩用化名遁入无声的未来，他们活在阴影里，躲在不同的地方。他们的余生都在为尼克尔教养院抓住他们的那一天而担惊受怕。大多数情况下，逃跑者都会被抓住，先被带去"冰激凌工厂参观"，然后再被带到一间暗牢里，进行为期几周的态度矫正。逃跑是疯狂的，不逃跑也是疯狂的。一个男孩怎么可能在视野越过教养院的地界线，看到那个自由和充满生机的世界之后，不产生奔向自由的念头呢？只为自己书写一次人生。扼杀出逃的念头，哪怕是一丝在逃跑前的紧张念头，都是在谋杀一个人的人性。

尼克尔有一个著名逃犯，他叫克莱顿·史密斯。他的故事源远流长。主管和舍管又确保了故事得以经久不衰地流传下来。

那是在1952年。克莱顿是最不可能逃跑的人。他脑子不聪明，身体也不强壮，既无挑战精神，又缺乏勇气。他只是没了忍受下去的意志。在踏入校园之前，他已经经历了很多磨难，但是尼克尔放大并凝练了世界的残酷，让他看到了世界更荒凉的波长。如果他在十五年的时间里已经经历了这一切，那还有什么是过不去的呢？

克莱顿家的男人有很强的家族相似性。邻居们一眼就可以看出他们强硬的外表，浅棕色的眼睛，说话时动得飞快的手和嘴。这种相似之处在外表之下依然存在，因为史密斯一家既不幸运，也不长寿。克莱顿也准确无误地继承了这种相似性。

克莱顿的爸爸在他四岁时突发心脏病。他的手抓着床单，嘴和眼张得大大的。十岁时，克莱顿辍学了，跟随他的三个兄弟和两个姐妹在曼彻斯特橘子园工作。家里的小宝贝能给家庭做贡献了。他母亲的健康状况在一次肺炎发作后急转直下，于是佛罗里达州政府就承担起了孩子们的监护职责。孩子们被分散开来。在当时的坦帕市，人们尚且把尼克尔称为"佛罗里达男子技工学校"。它以改善年轻人的品性而闻名，不管这个年轻人是一个坏坯子，还是仅仅因为没有其他地方可去。姐姐们给他写信，他的同学们把信念给他听。哥哥们尝试了各种营生，随波逐流。

克莱顿从来没有学过打架，也没有和哥哥姐姐们一起欺负别人。在尼克尔时，他在小冲突中皆表现平平。只有在厨房削土豆皮的时候，他才会有良好而安稳的感觉。那时的他很平静，自有一套处事原则。当时"罗斯福"寝室楼的舍监名叫弗雷迪·里奇，他的工作经历就是一幅无助儿童的地图。那上面标记着G.吉丁斯之家、加登维尔青年学校、克利尔沃特的圣文森特孤儿院、尼克尔男子学校。弗雷迪·里奇通过男孩们的步态和姿态选定候选人，行政部门的文件为他的这一做法提供了保障，而其他男孩对待这些候选人的方式则最终帮他确定了人选。他很快锁定了年轻的克莱顿，他摸了摸克莱顿的两块椎骨，这意味着告诉这个男孩：就是现在。

弗雷迪·里奇住在"罗斯福"寝室楼的三楼，但他更愿意遵照尼克尔的传统，把他的猎物带到白人校舍的地下室。在最后一次去"情人巷"之后，克莱顿下定了决心。那天晚上，两个主管撞见他在校园里行走，他们早就习惯了他在没人看管的情况下独自归寝。于是他们就放他过去了。他就这样迈出了第一步。

这个男孩的计划涉及他的姐姐贝尔，她在盖恩斯威尔郊区的一个女子之家安顿了下来。与家里的其他人相比，她享受着更好的条件。管理女孩之家的人是个好人，对待种族问题也很开明。女孩之家不再有玉米糊和磨损的衣服。她回到了学校，只有在周末才去劳动，在那里和其他的女孩一起做缝补的活儿。等到她年龄足够大的时候，她写信给克莱顿说，她会来找他，他们会重新团聚。他还小的时候，贝尔给他穿过衣服，洗过澡，他这一生所有关于温馨的念头都是对早期这些记忆模糊的日子的印象。在逃跑的那个晚上，他来到了沼泽的边缘，常识告诉他要进入黑暗的水域，但他不能让自己这样做。他的周围幻影重重，漆黑一片，动物们演奏着互相打斗和交媾的交响乐，他心生胆怯。黑暗总使克莱顿感到害怕，只有贝尔会唱抚慰他的歌，他会把头枕在她的膝上，用手指玩着她的辫子。他向东，朝酸橙地的边缘走去，一直走到约旦路。

他在路边的树林里蹑手蹑脚地走着，从天刚亮一直走到下午。每次看到有车经过，他都会躲进刺果丛和灌木丛里。当累得一步也挪不动了，他就躲进一个孤零零的灰房子下面，蹲在槽隙里的臭水里。虫子们把他当成了晚餐，他抚摸着自己皮肤上的肿块，想看看在不刮开伤口的情况下，能在多大程度上抚平伤痛。房屋的主人回来了，一个父亲、一个母亲和一个十几岁的女孩，他只看到了他们的脚和膝盖。他得知那个女孩怀孕了，这让这家人乱了套。抑或说，这所房子一直在经历暴风雨，这次也遇到了同样的天气。等到争吵停止，他们都睡着了之后，他就溜了出去。

路边阴森森的，令人害怕，男孩不知道该往何处走，但他并不在意。只要他没听见猎狗的叫声，他就是安全的。碰巧，阿巴拉契猎犬被派到别的地方去追捕皮埃蒙特的三个逃犯，弗雷迪·里奇过了二十四小时也没有报告克莱顿的失踪，他就像一只被困住的老鼠，害怕自己的捕食行为被发现。他之前的工作都遭到了解雇，他喜欢最近这份工作的优厚待遇。

克莱顿有过独处经历吗？在坦帕市那条死胡同的房子里，他的兄弟姐妹们全都睡在他上铺，他们一家人挤在那座摇摇欲坠的三室排屋里。再然后就是在尼克尔过的极低标准的公共生活。他不习惯花这么多时间来叩问思绪，这些想法像骰子一样在他的脑壳里乱转。除了与家人团聚之外，他没有想过未来。第三天，他臆想出一个场景——做几年厨师，然后攒钱开自己的餐馆。

克莱顿开始在橘子林采摘果实后不久，破败的县道的岔路上开了一家切特汽车餐厅。在上工的路上，他透过卡车的板条，期待着餐厅的立面和钢篷上红、白、蓝三色突然映入眼帘。他们先挂起了横幅，路上到处都是吸引你就餐的标语，然后切特的餐厅就开张了。年轻的白人男女服务员穿着漂亮的绿白条纹连身衣，微笑着把汉堡和奶昔送到停车场。表面光滑的连身衣象征着美德——勤奋、自立。人们从那些豪华轿车里伸出双手来接食物。这是令人向往的场景。

确实，克莱顿从未在餐厅里用过餐，他高估了餐厅的华丽程度。又或许是饥饿感滋养了他拥有一家餐饮机构的念头。他逃跑时，对餐厅的愿景——游走在顾客之间，询问他们对饭菜的满意度，还有如同在电影里看到过的那样，在后面的办公室里核对每日的账单——一直萦绕在脑子里。

到了第四天，他已经逃得够远了，于是决定搭车。他身上那件尼克尔的粗布衣和工装衬衫太显眼了。他看到一辆破旧的小卡车正缓慢驶离一座白色的大农场，便从晾衣绳上顺走了几件工作服。他曾来这座房子踩过几次点，觉得安全之后，就拿走了一条工装裤和一件衬衫。二楼有个老妇人看见他从树林里大踏步地跑了出来，随后把衣服全都拿走了。这些工装衣物曾是她过世的丈夫穿的，后来留给了她的孙子。她很高兴看着这些衣服被拿走了，因为看着其他人尤其是她孙子穿着这件衣服让她感到难过——他无情地对待动物，还是一个亵渎神灵的人。

他并不在意搭车能去往何方，只要这车能载他走几个小时的路程就行。克莱顿饥肠辘辘。他从未在什么也没吃、没搞清该如何补救的情况下走这么远的路，但是赶路才是最要紧的事。经过的车并不多，尽管他胆子够大，走到了沥青路上，但白人的脸还是吓到了他。一个黑人驾驶员都没有，也许在这个州的这个区域，黑人没有车。当一辆饰有深蓝边的白色帕卡德轿车拐过来的时候，他强迫自己竖起了大拇指。他看不到司机，但是帕卡德轿车是他认识的第一种车，他对这类车有好感。

司机是一个中年白人，穿一件奶油色的西服。他当然是一个白人，待在车里的还能是什么肤色的人呢？他留着一头中分的金发，太阳穴附近留着一块白发。在阳光的照射下，他那双眼睛在金丝边的眼镜后面，从蓝色变成了冰白色。

这个人上上下下打量起克莱顿，招呼这个男孩上车："孩子，你要去哪里？"

克莱顿把脑子里冒出的第一个念头说出了口："理查兹大街。"他在那里长大。

"我不知道它在哪儿。"那位白人说。他提到了一个克莱顿从未听说过的镇子，并说他走多远就带他多远。

克莱顿之前还从未坐过帕卡德轿车。他摸着右侧大腿边上的坐垫，那个白人看不见这个部位。坐垫上有纹路，摸上去很软。他好奇地看着防护罩下那些错综复杂的活塞和阀门，想知道工厂里的行家们是如何把它们组装起来的。

"你住在那里吗，孩子？"那位白人问道，"理查兹大街？"他的声音听起来挺有教养的。

"是的，先生。和爸妈住在那里。"

"好，"白人说道，"你叫什么名字，孩子？"

"哈利。"克莱顿说。

"你可以叫我西蒙斯先生。"他们点了点头，仿佛达成了共识。

他们走了一段路。除非白人问他话，否则克莱顿一声不吭，他双唇紧闭，以防飞出什么蠢话来。现在，他并不是靠两条不会说话的腿走着前进了，他焦虑不安，察看路上是否有警车经过。他指责自己没能长时间待在别人的视线之外。他想象着弗雷迪·里奇带领着那伙人，拿着手电筒，阳光在这个大个头的皮带扣上闪着光，克莱顿太熟悉这条皮带了——它的样子，它在水泥地板上发出的碰撞声。路边的房子靠得更近了，帕卡德轿车轻松地穿过一条短短的主干道，男孩在不让那个人注意到的情况下，在座位上缩了缩身子。随后，他们又开到了一条安静的路上。

"你多大了？"西蒙斯先生问道。他们刚刚经过一个关了门的埃索加油站，那里面的油泵生了锈，成了稻草人，随后又经过一座小墓园边上的白色教堂。地面下沉了，墓碑失去了平衡，这让整座墓园看上去像长满烂牙的嘴。

"十五岁。"克莱顿说。他意识到这个男人让他想到了谁——路易斯先生，也就是他们家的老房东。你最好每月第一天交租，否则第二天就得睡到大街上去了。他有一种想吐的感觉。男孩攥紧了拳头。如果这个男的把手放到他腿上，或者来摸他的私处的话，他知道该怎么做。他曾多次发誓要一拳打在弗雷迪·里奇的脸上，而当这样的时候到来时，他就会一动不动地站在原地，但是今天，他觉得他已经下得了手了。他从自由世界里汲取了力量。

"你在上学吗，孩子？"

"是的，先生。"今天是星期二，他很确定。他回想了一下。弗雷迪·里奇喜欢在周六晚上来找他。**他们比"十美分一支舞"还要便宜，有钱的话可以多找几个来。**

"教育很重要，"西蒙斯先生说，"它会为你打开一扇扇门。尤其是对你这样的人。"时间流逝着。克莱顿摊开手掌，放在垫子上，仿佛正抓着一只篮球。

他是多少天前来到盖恩斯维尔的？他记得贝尔的住址——玛丽小姐之家，但他还得四处打听。盖恩斯维尔是怎样的一座城市？在他安排好这一切之前，他曾制订过许多计划以了解这座城市。贝尔会想出一些秘密的信号，并选出只有她知道的地方来相见。她在这方面很有脑子。在她再度为他盖好被子，并告诉他一切已处理妥当之前，还需要等待很久的时间，但只要她在他附近，他就愿意等下去。"现在，别出声了，克莱顿……"

在他这么想着时，帕卡德轿车驶过了尼克尔车道下面的石柱。西蒙斯先生刚从埃莉诺的镇长职位上退休，但他仍然是董事会的一员，熟悉学校里的生活。三名白人学生在去金属店的路上看到克莱顿下了车，但他们不知道他就是那个逃跑的男孩，午夜时分，风扇将那里发生的事情大声地传到了半睡半醒的人身边，但它没有告诉他们是谁在"吃冰激凌"，在那些日子里，男孩们不知道汽车在午夜时分开往学校的垃圾场意味着那片墓园要迎来新的居民了。弗雷迪·里奇把克莱顿·史密斯的故事说给了学生们听，把它当成给最近这批孩子上的实训课。

你可以逃跑，期盼能够逃脱。有些人做到了。大多数人则没有。

埃尔伍德还提供了第五种离开尼克尔的方法。他的外婆来探望他后，他就孕育了这个计划。那是一个温暖的二月下午，来探访的家人们聚在餐厅外的野餐桌旁。有些男孩是本地人，他们的父母每周末都会带着一袋袋食物、一双双新袜子和周边发生的新鲜事来这里。但是学生们来自全州各个地方，从彭萨科拉到基斯，不一而足，如果想要看到任性的儿子，大多数家庭都要走很远的路。他们得坐闷热的公交车长途跋涉，果汁会变热，三明治屑会从蜡纸掉到膝盖上。工作使他们脱不开身，距离使他们无法探望，还有一些男孩知道他们的家人已经不再与他们来往了。到了探访日，在男孩们劳动完之后，舍管会告诉他们是否有人上山来探望他们，如果没人来，男孩们就会自己去操场玩，或者去木工房找些东西来分一下心，或者去游泳池里游泳——早上对白人开放，下午对有色人种开放——以此将目光移开，不去看山上团聚的家庭。

哈丽特每月来埃莉诺两次，但是她病了，上一次没有来。她给埃尔伍德寄了封信，告诉他自己患了支气管炎，并附带了一些她觉得他会喜欢的报纸文章给他，因为那上面有马丁·路德·金在新泽西州纽瓦克市的演讲，并且太空竞赛方面的内容也很有看点。她看上去老了好几岁，她慢慢地走向他。她的疾病让她原本瘦小的身子更加瘦弱了，她的锁骨在她的绿衣服上划出一条线来。当她看到埃尔伍德之后，她停了下来，让他走近些，给了他一个拥抱。这可以让她休息一会儿，然后再走最后几步，来到他搭起的野餐桌前。

埃尔伍德抱她的时间比以往还要久，在她的臂弯里轻轻蹭着。随后，他想起还有别的男孩在场，于是就退了回来。在这里最好别过多展示自己的情感。她下一次来，还要等很久，不仅仅因为她承诺说，下次来时会带一些来自塔拉哈西的好消息。

他在尼克尔的生活已经慢了下来，成了一种顺从的曳步而行。新年过后的那段日子过得平淡无奇。埃莉诺的送货车会在通常停靠的点循环停靠好几次，埃尔伍德知道每一站该去做些什么，甚至不止一次提醒哈珀这周三该去精品店和饭店了，就像他往日在烟草店提醒马可尼先生一样。寝室楼自秋天以来安静了许多。打架斗殴的事件少了，"白宫"也没有人去了。埃尔伍德、特纳和德斯蒙德在得知厄尔不会死之后，原谅了杰米。大多数下午，他们玩大富翁棋，他们的游戏是由舍规、模糊的条款和复仇组成的一整套阴谋。丢失的棋子用纽扣代替。

他白天过得越寻常，晚上就越闹腾。午夜过后，宿舍里一片死寂，他从睡梦中惊醒，被想象中的声音吓了一跳——门口的脚步声，皮带划过天花板的声音。他眯起眼睛望着黑暗——什么也看不见。然后，他像着了魔似的连续几个小时醒着，被飘忽不定的思绪搅得心神不宁。把他搞垮的倒不是斯宾塞，也不是某个主管或一个睡在二号房间里的新对手，而是他不再反抗了。他低调行事，处处小心，以免在熄灯前遇到麻烦，他自欺欺人地以为自己已经赢了。他瞒过了尼克尔，因为他就这么过着日子，没有惹麻烦。事实上，他已经被毁了。他就像金博士在狱中来信里提到的那些黑人，在多年的压迫之后，变得自满、困倦，以至于他们已经适应了现状，并学会把这种状态当作唯一安寝的床。

有时他心一狠，会把哈丽特也看成那类黑人。现在她看上去更像了，像他一样憔悴不堪。自打记事起，每次狂风大作之后，风力就会渐弱。

"我们能和你们一起挤一挤吗？"

另一个来自"克利夫兰"寝室楼的名叫伯特的男孩，想要和他们拼桌，他也是一个"宝贝"。伯特的母亲对他们表示了感谢，并露出了笑容。她很年轻，大概只有二十五岁，长着一张圆圆的、坦率的脸。这位母亲虽然疲惫，但态度和蔼，同时还在应付伯特的小妹妹，她蹲在她的腿上对着虫子发出嗡嗡的叫声。外婆说话时，他们的胡闹和玩耍分散了埃尔伍德的注意力。他们的声音响亮又欢乐——埃尔伍德和外婆如同处在教堂中一样安静地坐在他们旁边。伯特是个调皮捣蛋的孩子，但从埃尔伍德的经历来看，他心肠很好。他不太了解这个男孩，也不了解他惹了什么事儿，但他可能在出去后，改邪归正，重归正途。他的母亲在自由世界里等着他，这一点就很有利。比大多数男孩都有利多了。

等埃尔伍德出来的时候，外婆可能就不在了。这是他以前从未想到过的。她很少生病，即使生病，她也拒绝好好躺着。她是一个幸存者，但整个世界都在啃咬她。她的丈夫英年早逝，她的女儿消失在西部，现在她唯一的外孙被判到了这个地方。她吞下了世界给她的那份苦果，现在一个人住在布雷瓦德街，她的家人一个接一个地走远了。她或许也快了。

埃尔伍德知道她有个坏消息要说，因为她谈论起在弗伦奇敦街角的家周围发生的事情时，时间比往常要久很多。克拉丽斯·詹金斯的女儿爱上了斯佩尔曼；蒂龙·詹姆斯躺在床上抽烟，把自己的房子烧了；麦卡博大街新开了一家帽子店。她给了他一些关于这场运动的建议："林登·约翰逊接过了肯尼迪总统的民权法案，将它提交到了国会。如果那个老好人做得对，你就知道事情正在改变。埃尔伍德，你回家的时候就会完全不同了。"

"你的手指头很脏，"伯特说，"从嘴里拿出来。吮我的手指吧。"他把手指伸进了他妹妹嘴里，她做了一个鬼脸，笑了起来。

埃尔伍德把手伸过桌子，抓住哈丽特的手。他从来没有这样碰过她，好像在安慰一个孩子似的。"外婆，发生了什么？"

大多数访客都会在探访日的某一刻流下眼泪来：当他们背对着自己的孩子离开尼克尔，眼看着前方的道路分了岔时。伯特的母亲递给外婆一块手帕。她转过身去擦眼睛。

哈丽特的手指颤抖起来，他将它们握住。

律师走了，她说。安德鲁斯先生是一位和蔼、有礼貌的白人律师，他对埃尔伍德的上诉持乐观态度，但一句话都没有留下就搬去了亚特兰大。此外，他还带走了他们的二百美元。马可尼先生在与他会面后又给他开了一百美元，这的确不符合马可尼先生的性格，但安德鲁斯先生态度坚决，而且很有说服力。他们遭遇的是一起典型的误判。她说，当她坐公共汽车去市中心看他时，律师的办公室里空无一人。房东正领着一位未来的租客——一位牙医——参观办公室。他们看着她，仿佛她就是一团空气。

"我让你失望了，埃尔。"她说。

"我没事，"他说，"我刚刚成了'探索者'。"他一直低调行事，现在有了回报。正如他们所愿。

有四种可以离开这里的方式。又一次午夜梦魇的折磨，让埃尔伍德决定采取第五种方式。

告发尼克尔。

第十三章

　　他从未缺席过任何一场马拉松。他不在乎谁会赢——那些追逐世界纪录的超人型选手，把脚重重地踩在纽约各大桥和各区宽阔的沥青马路上。坐在车里的摄影团队紧跟着选手们，将他们脖子上的每一滴汗水、每一次脉搏的跳动都放大呈现出来；白人警察骑着摩托车也紧随其后，以防那些傻瓜从边线跑出来，滋事捣乱。给选手们喝彩的人已经够多了，他们还需要他做什么？去年的冠军是一位非洲兄弟，一位来自肯尼亚的哥们儿。今年获胜的是一位来自英国的白人。除去肤色以外，两个人体形一样——一看他们的腿，你就知道他们准会上报纸。职业运动员，整年都在训练，飞去全球各处参加比赛。为胜利者喝彩总是容易的。

　　不，他喜欢那些像喝醉了一样的选手，他们连跑带走地完成二十三英里的赛程，舌头像拉布拉多犬一样耷拉着。这些人拼尽全力冲过终点线，脚在耐克鞋里被磨得血肉模糊。掉队者和跛脚选手没能跑完全程，却跑出了他们的特性——深入洞穴，带着他们发现的东西重回光亮之中。他们到达哥伦布环岛时，电视摄制组已经离开了，盛着水和佳得乐饮料的锥形杯像牧场上的雏菊一样散落在赛道上，银色的太空毯在风中飞舞。也许有人在等他们，也许并没有。谁不会为此庆祝一番呢？

获胜者独自领跑，身后的跑道上都是人，普通选手挤在一起。他来是为了看努力往前赶的落后者，以及人行道和街角上的人群，纽约的暴民是如此古怪又可爱，他们用一种他只能称之为亲情的力量把他从他的公寓里召唤出来。每年十一月，这场比赛都会让他对人类产生的疑虑接受这样一个事实的挑战：他们非亲非故，但都生活在这座肮脏的城市里。

观众踮起脚尖，肚子摩擦着蓝色的木制隔离栏，这些隔离栏是为了应对比赛、骚乱和总统出行竖起的，人们在爸爸和男朋友的肩膀上，推推搡搡地寻找视线。在空气喇叭声、挑逗的口哨声以及手提收录机传出的古老卡利普索曲调之中，混杂着"快跑！""你能做到！"和"你成功了！"的叫喊声。借助微风的吹拂，空气中弥漫着萨博里特热狗车散发出的香味，以及旁边那个身形巨大的少妇毛茸茸的腋窝的味道。尼克尔的夜晚只有哭泣和虫鸣，身处一个挤了六十个男孩的房间，在心里依旧觉得你是地球上唯一的个体。所有人都在你边上，同时，所有人又都不在场。这里的每个人都在，但奇迹般地，你不想扭断他们的脖子，反倒和他们拥抱。整座城市，穷人和住在派克大道的人，黑人和白人，波多黎各人，都站在路边，举着标语和国旗，为前一天还在A&P超市收银台与他们争执的人，为在地铁里抢最后一个座位的人，为像海象一样在人行道上走得太慢的人而欢呼。为公寓、学校、空气展开竞争的人——所有这些来之不易、被人珍视的仇恨，在他们为忍耐力和替代性受苦的仪式欢呼时，就这样消失了几个小时。"你能做到。"

明天这一切就会重归原样，但在这个下午，在为最后一个选手喊出最后一声喝彩之前，一切都处于停战状态。

太阳下山了。十一月决定提醒每个人，他们现在生活在它的王国之中，于是下令招来狂风。他在第六十六名选手到达后离开了公园。他在两个骑着马的警察之间穿梭，映在警察太阳镜上的他像一条黑色的小鱼。当他离开中央公园西路时，离场的观众变少了。

"嘿，老兄！嘿，等一下！"

他和许多纽约人一样，身上装着一个瘾君子预警系统，便警觉地转过身去。

这个人笑了起来。"你认识我，老兄——切奇！切奇·皮特！"

原来是他。来自"克利夫兰"寝室楼的切奇·皮特，现在他已经长大了。

他很少遇见故人。这是住在北方的好处之一。有一次他在加登城举行的一场摔跤比赛中看见马克斯韦尔，在一场铁人比赛中看见吉米·"超级飞行物"·斯纳卡像一只巨型蝙蝠一样从天而降。马克斯韦尔在一家商铺前排队，离得够近的话，可以看到他额头上那块六英寸的伤疤：它从他眼眶上划过，凿进他的下巴。他觉得好像在格里斯提斯超市外面见过走路内八字的柏蒂，那个人长着和柏蒂一样的金色鬈发，但那家伙看都不看他就走了过去，仿佛他正乔装打扮，用一份假证件越过边境。

"你过得怎么样，老兄？"他这位尼克尔的伙伴上身穿着一件绿色的"喷气机"队的运动衫，下身穿一条红色的运动裤，这条裤子太大了，像是向谁借来的一样。

"我来这里逛逛。你看起来不错。"他把预警能量调整到最佳状态——切奇不是一个瘾君子，不过，他会带着那些刚刚出狱或出院的毒贩带的生猛玩意儿，时不时地来这个街区转转。他出现在这儿，为了显得合群些，与他击了掌，拍了拍他的肩膀，大声说着话。简直是一个行走着的胆小鬼。

"我的老兄！"

"切奇·皮特。"

"你要去哪里？"切奇·皮特说要请客，提议去喝一杯啤酒。他推辞了，但是切奇·皮特没有听到，在马拉松比赛之后，他对身边人的好意的考查也已就绪。尤其是这个人还来自那些黑暗的日子。

他在搬到上城区之前，住在第82大街的时候，就知道奇普酒吧了。他来到这座城市时,哥伦布大道还是一片冷清的地段,所有商店最迟到晚上八点就全关了,然后附近街区大街上的廉价娱乐场所——单身酒吧和接受预订的餐馆——便开门了。就像这座城市的其他地方一样,这里原先是一个垃圾场,然后转瞬之间就成了热闹之地。"奇普"是一家正规的酒吧——调酒师们记得你平时爱吃的美味汉堡,在你想聊天的时候陪你聊天,不想聊天的时候也会对你点头致意。他只记得有一次发生了某类种族歧视事件,有个戴着"红袜队"帽子的家伙开始说**黑鬼这个,黑鬼那个**,没过多久就被赶了出来。

地平线搬家公司的员工们喜欢在周一和周四这两天来上班,因为这两天刚好轮到安妮上班,她给的回购就和她的胸部一样,非常丰满。在他创立佼佼者搬家公司并投入运营之后,有时会带员工出去转转。他会把他们带到这里,直到他意识到,如果他与这群人一起喝酒,他们就会变得散漫:用一些站不住脚的借口迟到或者旷工,或是穿戴不整齐,工作服皱巴巴的。他为买这些工作服花了好大一笔钱,并且亲自设计了公司的标志。

喝酒比赛开始了,两人都压低了声音。他和切奇坐在吧台边,酒保把他们点的几品脱啤酒放在印着"微笑"广告的杯垫上。这家酒吧有些年头了,曾经开在离这条街几个街区开外的地方。酒保是个新来的白人,一头红发,举止土里土气的。他喜欢熨衣服,T恤袖子像橡胶一样紧压在他的二头肌上。如果在周六的晚上你被人团团围住的话，就该雇他这种大猩猩。

尽管切奇说要请客，他还是付了二十美元。"你以前吹小号。"他说。切奇是有色人种乐队的一员，在新年的才艺秀上用一曲爵士乐版的《绿袖子》迎得了热烈的掌声，如果他仔细回想就会知道，切奇的曲风接近波普爵士乐。

提到他的演奏才华，切奇笑了。"那是很久以前的事了。看看我的手。"他举起两根像蟹腿一样蜷曲的手指。他说他刚花了三十天时间来戒酒。

坐在吧台上回忆往事似乎有些粗鲁。

但是，切奇总会调和自己的种种弱点。这个男孩刚到尼克尔的时候还是个瘦弱的小毛孩，第一年还唯唯诺诺的，随后就学会了打架，于是就开始欺负小一点的孩子，把他们带到壁橱和储藏室里——他学到了什么就教他们什么。切奇毕业后，在开始他的生活之前，他对尼克尔的记忆就是欺负这些小孩以及吹奏小号。这是他听过多年的熟悉曲调——不是从尼克尔，而是从那些在类似地方待过的人那里听来的。在军队服役期间，日常生活和纪律对他产生了巨大的吸引力。"很多人从少管所踏入军队。这是一个很自然的选择，尤其是当你无家可归的时候，或是当你想回少管所的时候。"切奇在军队里待了十二年，后来他精神出了问题，他们就把他开除了。他结过几次婚，找到什么工作就做什么。他干过最好的工作是在巴尔的摩卖音响。他可以没完没了地聊高保真音响。

"我总是喝酒,"切奇说,"仿佛我越是想安静下来,就越有可能搞砸每个晚上。"

去年五月,他在酒吧痛打了一个人。法官说,要么进监狱,要么强制劳动,没有其他选择。他当时在城里拜访住在哈莱姆区的姐姐。"她让我留下来,我则盘算下一步该怎么走。我一直很喜欢这里。"

切奇问他在做什么,埃尔伍德觉得将公司的实情告诉他有些不妥,于是把卡车和员工的数量少说了一半,也没有提到他引以为傲的位于雷诺克斯的新办公室。这间办公室他租了十年。这是他做出的最长的承诺,这很奇怪,因为唯一让他烦恼的事情就是他未曾对此感到烦恼。

"老兄,"切奇说,"加油干!有女人了吗?"

"我还没有想好。工作如果还好的话,我就去找一个。"

"我懂,我懂。"

街道上的灯光投下了一片影子,高大的建筑物宣告夜晚已提前来临。这意味着一曲"又是一个周日夜晚,马上就要回去上班"的蓝调即将奏响,而他并不是唯一为此感到忧愁的人——酒吧里出现了一阵骚动。肌肉发达的酒保招待了两位金发碧眼的大一女生,她们可能还未成年,来到哥伦比亚大学南边这块常来的地方,是打算挑战禁酒令的。切奇又点了一杯啤酒,在速度上超过了他。

他们开始聊起过去的日子，随后迅速滑向那些黑暗的事物——最恶劣的舍管和主管。他没有提到斯宾塞的名字，仿佛这名字会像啄木鸟幽灵一样，将斯宾塞召唤到哥伦布大道来，那种童年的恐惧依旧挥之不去。切奇提到了他多年来遇到过的尼克尔男孩——萨米、纳尔逊、朗尼。这人是个骗子，那人在越南丢了一条胳膊，还有一个上吊死了。切奇还说出了他从来没想到的人名，就像一幅《最后的晚餐》，十二个失败者，切奇站在中间。这就是这所学校对一个男孩产生的影响。你离开那里后，它的影响并不会消失。它会用尽一切办法让你屈服，直到你无法适应正常的生活，自你离开起，一切都毁了。

那种影响施加在他的什么地方？他又屈服了多少？

"你是1964年离开那里的吗？"切奇问道。

"你不记得了吗？"

"你指什么？"

"没什么。刑期满了而已。"——当他说漏嘴提到劳改学校时，这个谎言就会被用到很多次——"他们把我赶了出来。随后我去了亚特兰大，一直往北走。你知道，我自1968年起就待在这里。二十年了。"在这段时间里，他一直理所应当地以为，他的越狱行为已成为尼克尔的一段传奇。那里的学生传颂着他的故事，仿佛他就是一个民间英雄，一个身形缩小到十几岁模样的

"瘸子李"①式的人物。但是，事情并不是这样的。切奇·皮特甚至不记得他是怎么离校的。如果他想被人记住，本应该像其他人那样把名字刻在长椅上。他又点了一支烟。

切奇·皮特凑近了些。"嘿，嘿，那个以前一直跟着你的孩子后来怎么样了？"

"哪个？"

"就是那个抽烟的人。我回想一下。"

"嗯。"

"我会想起来的。"他说完就去厕所吐了。他朝那桌正在庆贺生日的女生望了一眼。他进男厕所时，她们都在嘲笑他。

切奇·皮特和他的小号。他或许可以演奏得非常专业，为什么不可能呢？在放克乐队或管弦乐队当一个临时乐手。要是没有遇上之前的事儿就好了。要不是那个地方把男孩们都毁了，他们本可以成就各种事业。他们或可成为治疗疾病、动脑外科手术，编造一些能拯救生命的鬼话的医生。要不然，还可以去竞选总统。所有那些未能实现的才华——当然不是所有人都是天才，比如切奇·皮特，他没有解决狭义相对论问题。他们甚至被剥夺了作为普通人的简单的快乐。在比赛开始前，他就已瘸了脚，有了残疾，再也无法成为一个正常人。

---

① 瘸子李（Stagger Lee）：美国民谣中经常歌颂的一个传奇人物。

自他上次来这儿以后,桌布都还是新的——红白格子的塑料布。在那些日子里,丹妮丝总抱怨桌子黏糊糊的。丹妮丝——他把他俩的关系搞砸了。在他周围,人们在自由世界的欢呼声中吃着芝士汉堡,喝着啤酒。一辆救护车从外面疾驰而过,他在酒瓶后的黑色镜子里看见自己被包裹在一圈发亮的鲜红光环里,这让他显得像个局外人。每个人都看到了,就像他听出了切奇的故事的弦外之音。不管他们是怎么从那所学校出来的,他们一直在潜逃中。

没人能长久地陪伴在他身边。

切奇·皮特回来时拍了拍他的背。他突然发起了疯,想起了像切奇这样的蠢蛋还活着,而他的朋友却死了。他站了起来。

"我得走了,老兄。"

"不,不,我懂。我也要走了。"切奇带着那种无所事事的人的笃定说道,"我本不想问的。"

终归还是说了。

"但是如果你想找个帮手的话,我可以来做这份工作。我现在睡在长椅上。"

"好的。"

"你有名片吗?"

他拿出钱包,掏出佼佼者搬家公司的名片——"埃尔伍德·柯蒂斯先生,总裁"——但又转念好好想了想:"我说的可不算。"

"我能干这活儿,这就是我能做的。"切奇把他姐姐的电话写在了一张红色的酒吧餐巾纸上,"打给我——看在过去的日子的分儿上。"

"我会的。"

确定切奇·皮特真的离开后,他就往百老汇大街走去。他有一种不同寻常的冲动,想坐公共汽车,104路到百老汇大街。沿着观光路线,看看城市生活。他放弃了这个念头:马拉松结束了,他对城市生活的好感也随之结束了。在布鲁克林、皇后区、布朗克斯和曼哈顿,汽车和卡车重新获得了先前被封锁的街道的主权,马拉松的路线一英里一英里地消失了。沥青路上标明赛道的蓝色油漆——它每年都会在你意识到之前剥落。白色的塑料袋从街区滑过,满溢的垃圾桶又回来了,麦当劳的包装纸和红色的可乐瓶在脚下嘎吱作响。他拦下一辆出租车,想了想晚饭的事。

有趣的是,他多么喜欢幻想那所学校里的人奔走相告他那次"伟大的逃亡"。工作人员要是听到孩子们谈论这件事,准会气疯的。他认为这座城市对他而言是个好地方,因为这里没有人认识他——他喜欢那种矛盾的感觉:一个真的了解他,却不是他想待的地方。这把他和那些来纽约的人绑在了一起,他们中有背井离乡的人,还有情况更糟的人。但是,就连尼克尔也忘记了他的故事。

他走在通往空空荡荡的公寓的路上，被切奇搞得心烦意乱。

他撕掉了切奇·皮特留给他的那张红色纸巾，把它丢出了窗外。《没人喜欢一只垃圾虫》这首歌突然回响在他的脑海中，这是拜这座城市"全新生活质量"的驱动力所赐。从他持有一贯的想法来看，这是一场成功的活动。"那么，给我一张票吧。"他说。

第十四章

　　校长哈迪为迎接州政府的视察，勒令全校停课两天。这是一次突击视察，但他的一个在塔拉哈西运营儿童福利机构的兄弟会成员给他打了个电话。尽管学生们做了各种细枝末节的工作，但大量长久未动的门面装饰还是需要注意的。被太阳晒裂的篮球场需要翻新，篮筐需要更换，农场里的拖拉机和耙子都生锈了。男孩们把印刷厂天窗上的陈污垢泥擦掉后，一道陌生的光照射了进来。从医院到校舍再到车库，大部分建筑都急需粉刷一层新涂料，学生宿舍——尤其是有色人种学生的宿舍——则是重中之重。眼下一派忙碌的景象，所有男孩，无论年龄大小，都在为同一目的忙碌着，他们的下巴上沾着油漆，"宝贝们"摇摇晃晃地在校园里运送迪克西油漆罐。

　　在"克利夫兰"寝室楼里，舍管卡特凭借自己干过建筑工的经验，向男孩们演示如何填补尼克尔烧制的砖与砖之间的缝隙。撬棍撬开了腐烂的地板，新的木地板切好后，被重新铺了上去。哈迪请了校外人员来做专门的工作。两年前送来的新锅炉终于安装好了。水管工在二楼更换了两个损坏了的小便池，魁梧的屋顶工人负责修缮天花板的鼓泡和漏水问题。漏水声再也不会在清晨时分吵醒2号房间的孩子们了。

"白宫"的外表被粉刷得焕然一新。没人看到是谁刷的。昨天它还是一处肮脏的建筑，今天就让阳光在人们眼前晃动了。

从哈迪巡视工作时的表情来看，男孩们个个按部就班，表现得不错。每隔几十年就会有报纸报道该校存在贪污或体罚学生的问题，从而引发州政府展开调查。随之而来的是对"打屁股"、暗囚室、禁闭室的禁令。政府对学校的补给品实行了更严格的统计，补给品有断供的趋势，各项学生生意的利润也日渐微薄。去往当地家庭和企业的假释也被中止，医务人员的数量在增加。他们解雇了那个老牙医，找了一个拔牙不收钱的。

已经有好几年没有对尼克尔的指控了。这一次，这所学校只不过是政府走过场检查的设施的长名单上的一项而已。

工作的分配——诸如农活、印刷、制砖等——照常进行，因为这些工作能提升责任感、塑造品格等，并且还是重要的收入来源。视察前的两天，哈珀把埃尔伍德和特纳送到了爱德华·蔡尔兹先生家里。蔡尔兹先生是前县督察员，长期以来也是尼克尔的支持者。这所学校和这个家庭已经合作了很多年。五年前，爱德华·蔡尔兹和吉瓦尼斯俱乐部在足球队的队服上各出了百分之五十的费用。人们希望在这种刺激下他能继续慷慨解囊。

蔡尔兹的父亲伯特伦曾在当地政府任职，也是学校董事会的成员。自劳工偿债制度获批以来，他就是一名狂热的支持者，并且经常租用假释的学生。在屋子后面还搭着马厩的日子里，孩子们会来这里照料马和鸡。埃尔伍德和特纳那天下午打扫过的地下室，原本是给签订劳动契约的孩子们睡觉的地方。月圆之时，两个孩子站在简易床上，透过唯一的破窗，凝视着空中那只柔和之眼。

埃尔伍德和特纳并不知道这间地下室的历史。他们要负责清理堆了六十年的垃圾，以便用方格地板砖和木嵌板把这里重新布置成一间娱乐室。蔡尔兹家的孩子一直在游说父亲，而爱德华·蔡尔兹对这个空间也有自己的想法，他的妻子每年八月都会带着孩子回娘家住两个星期，所以那段时间就留给他自己做主了。吧台放在那里，再安一些时髦的灯，这些东西都是他们在杂志上看到过的。在这些梦想实现之前，那些老旧的自行车、古老的蒸汽管道、破了的纺轮，还有其他大量生锈的古董都等待着发挥最后的价值。两个男孩打开地下室沉重的门，开始工作。哈珀坐在货车里，一边抽着烟，一边收听棒球比赛的直播。

"收破烂的人会爱死我们的。"特纳说。

埃尔伍德把一堆落满灰尘的《周六晚间邮报》搬上了楼梯，放在马路边的一摞《帝国夜鹰报》上。《帝国夜鹰报》是三K党的报纸，头版刊载了一个身穿黑袍、手持燃烧十字架的夜间骑士。如果埃尔伍德把捆绑的线剪断，会发现这是一个很受欢迎的封面主题。他不想看到这张图片，就把这摞报纸翻了过来，随后看到了背面的"克莱芒蒂娜剃须膏"的广告。

特纳压低声音说着笑话，并用口哨吹起了"玛莎和范德拉斯"乐队的歌，而埃尔伍德的思绪则蔓延开来。不同的地区有不同的报纸。他记得在读完《防卫者》上刊载的金博士的演讲后，在百科全书里查找"基督之爱"这个词条。这位牧师来到康奈尔学院之后，报纸对他的演讲进行了全面报道。如果埃尔伍德以前读过这个词，通过多年来一直在翻看这本百科全书，那么这个词就不会在脑子里萦绕不去了。金博士将"基督之爱"描述成作用于人心的神圣之爱。一种无私的爱，一种炽热的爱，一种无上的爱。他号召他的黑人听众培养起对压迫者的纯洁之爱，以便把他们带到斗争的另一边。

既然这种思绪不再是去年春天浮现在他脑海中的抽象概念了，埃尔伍德试着把它搞清楚。现在，这种思绪变成了现实。

哪怕把我们丢进监狱，我们依旧爱你们。炸毁我们的房屋，威胁我们的孩子，尽管困难重重，我们依旧爱你们。午夜过后，你们让那些头戴兜帽的施暴者到我们的社区，把我们拖到路边，殴打我们，丢下半死不活的我们，我们依旧爱你们。但是请相信，我们会用我们的忍耐力来消磨你们，总有一天，我们会赢得我们的自由。

忍耐力。埃尔伍德以及尼克尔的所有男孩都依靠这种能力存活着。依靠这种能力呼吸，吃饭，做梦。现在它已融入了他们的生命，否则他们早就灭亡了。殴打，强奸，成了无情的自我筛选。他们承受住了一切。但是，要去爱那些本想毁灭他们的人吗？就为了实现这个飞跃。**我们将用灵魂的力量来对付你们肉体的暴力。不管你们怎样对待我们，我们依旧爱你们。**

埃尔伍德摇了摇头。这是什么样的请求啊。这是多么不可能的事啊。

"你听到我说的了吗？"特纳问道，在埃尔伍德面无表情的脸前晃了晃手指。

"你说什么？"

特纳在屋里需要帮忙。尽管特纳采用了标准的拖延技巧，他们还是取得了不错的进展，他们在楼梯底下发现了一个存放老旧的轮船箱的地方。这两个男孩把箱子拖到地下室中央，蠹鱼和蜈蚣逃了出来。这些装饰在黑色破帆布上的邮戳是去都柏林、尼亚加拉瀑布、旧金山和其他遥远港口旅行的纪念。这是一个往日在异国旅行的故事，这两个男孩一生都不可能去这些地方。

特纳生气地说："这里面装着什么？"

"我把一切都写了下来。"埃尔伍德说。

"一切什么？"

"交货。园艺活儿和杂活儿。所有人的名字和日期。还有，我们做的所有社区服务。"

"老兄，你为什么要做这样一件事？"尽管他知道原因，但还是好奇他的朋友会怎么说。

"这是你告诉我的。除我之外，没有其他人能把我带出这里。"

"从没有人听过我的话——你为什么要争做第一人？"

"我不知道为什么。第一天和哈珀出来时，我就把看到的一切都记了下来，并且一直在这样做，就记在学校的笔记本上。这让我感觉好一些。我觉得有一天要把这些告诉别人，而现在我就要去做这件事。当视察员来的时候，我会把这些交给他们。"

"你以为他们会怎么做？把你的照片刊登在《时代周刊》的封面上？"

"我这么做是为了阻止这一切。"

"又一个傻瓜。"他们头顶上方传来脚步声——他们一整天都没见到蔡尔兹一家了——特纳赶紧忙活起来，仿佛那家人有透视眼一样。"你现在这样做，是因为上次之后再没挨过打吗？他们会把你带到'不归处'，把你埋了，然后也会把我带到'不归处'。你他妈脑子出问题了吗？"

"你错了，特纳。"埃尔伍德拽着一只褪色的棕色行李箱的把手。箱子破成了两半。"这不是一场障碍赛，"他说，"你无法绕开它——你得穿过它。无论他们朝你丢什么，你都要昂着头走过去。"

"我给你证明,"特纳说,在裤子上擦了擦手,"你把一切都记下来,然后一股脑儿全都说出来,这很酷。"说完,他们的聊天就结束了。

把箱子拖到地方后,两个男孩开始手术——把房子里腐烂的东西割下来,扔到路边的垃圾箱里。特纳敲了敲货车的门,想叫醒哈珀。收音机里传出一阵静电的咝咝声。

"他这是怎么啦?"哈珀问埃尔伍德。特纳一句话也没说,情绪明显前后不一。

埃尔伍德摇了摇头,朝窗外望去。

午夜过后,他的思绪徘徊不定。他原本就有顾虑,现在又加入了特纳愤怒的质疑。这倒不是说他不知道那些白人会怎么做,而是说,他能相信他们吗?

他孤身一人投入这次特殊的抗议行动中。他给《芝加哥防卫者》写了两封信,但一直没有回音,即便他提到了自己曾以化名的方式在报纸上发表过评论。已经过了两个星期。报纸根本不关心尼克尔发生了什么,比这更令人痛心的是,报社会收到许多这样的信件,还有那么多的诉求,他们根本无法一一理会。这个国家很大,偏见和掠夺的欲望是无止境的,他们哪顾得上这一堆大大小小的不公正现象。这只是其中一个地方。新奥尔良的便餐柜台;巴尔的摩的公共游泳池,他们宁可在里面填上水泥,也不让黑人孩子伸一个脚指头进来。这只是其中一个地方，但如果有这样的地方，就有成百上千个类似尼克尔和"白宫"的痛苦工厂，它们散落在这个国家的各个地方。

如果他让外婆去寄这封信，就算不考虑他的信是否寄得到，她也会飞快地拆开信，把它扔进垃圾箱。她对他将会遇到什么事充满恐惧——她甚至不知道到目前为止，他们对他做了什么。他必须相信一个陌生人会做正确的事。这是不可能的，就像爱上一个想要毁灭你的人，但这就是这场行动所要传达的信息：相信每个人心中的终极尊严。

要这个还是那个？ 选择这个用不公让你变得温顺、踟蹰不前的世界，还是那个等待你去追赶的更为真实、更需要努力的世界？

在州视察员到访的那个早晨，布莱克利和北校区的其他舍监们在早餐时说得很明白："谁要是惹祸，屁股就得遭殃。"布莱克利、"林肯"寝室楼的特伦斯·克罗，以及照看"罗斯福"寝室楼的弗雷迪·里奇，他每天都在胯部以上、大肚腩以下的位置系着同样的水牛皮皮带扣，就像一只在山间行走的动物。

布莱克利给孩子们看了视察安排。他已经发誓不在睡前喝酒了，所以现在很清醒，也很机警。他说，黑人男孩直到下午才能露面。视察工作从白人的校区、校舍、宿舍，以及医院和体育馆等大型设施开始。哈迪想炫耀一下运动场和翻新的篮球场，所以在去过那里以后,来自塔拉哈西的人再上山参观农场、印刷厂和著名的尼克尔砖厂。最后才去巡视有色人种校区。"你们要知道,如果斯宾塞先生发现你们的衬衫没有塞好,或者发现你们肮脏的内裤挂在鞋柜外面,他会找你们谈一谈,"布莱克利说,"那不会是友善的交谈。"

三位男舍监站在餐盘前,那一天,这些盘子里装满了学生们本该在每天早晨都吃的食物:炒鸡蛋、火腿、新鲜的果汁和梨。

"他们什么时候到这里,先生?"其中一个"宝贝"问特伦斯。特伦斯高大魁梧,留着稀疏的白胡子,有一对水汪汪的眼睛。他已经在尼克尔工作了二十多年,这意味着他见识过各种各样的劣行。在埃尔伍德看来,这些足以让他成为罪孽更重的共犯。

"随时会到。"特伦斯说。

待舍监入座之后,男孩们获准入席。

德斯蒙德把眼睛从盘子上抬起来。"我从未吃过这些,上一次吃还是……"他无法想象,"他们应该每天都来这里视察。"

"现在没人说话,"杰米说,"吃吧。"

学生们开心地吃了起来,刀叉刮擦着盘子。尽管言辞严厉了些,但是贿赂还是起了作用。崭新的衣服,重新粉刷过的餐厅,男孩们吃着东西,全都沉浸在欢乐的气氛中,裤脚或膝盖处磨破的男孩换上了新裤子。他们的鞋子闪闪发亮。理发店外面的队伍绕着那座大楼转了两圈。学生们看起来精神极了。即便是那些患癣的孩子也不例外。

埃尔伍德在找特纳。他和一些来自"罗斯福"寝室楼的男孩坐在一起，他在来这儿的第一个学期，曾与他们分在同一个铺位。从他的假笑中可以看出，他知道埃尔伍德正在看他。特纳自打从地下室回来之后，就很少和埃尔伍德说话了。他依旧与吉米和德斯蒙德一起玩，但只要埃尔伍德出现，他就溜走。在娱乐室里很少看到他，埃尔伍德觉得他是去阁楼了。这个男孩玩起不理不睬那一套来和哈丽特一样出色，特别是考虑到埃尔伍德长年经受外婆的这种"训练"。沉默的教训？闭嘴就行了。

通常情况下，周三是社区服务日，但是出于明摆着的原因，埃尔伍德和特纳被重新分配了任务。哈珀在早餐后抓住他俩，让他们加入看台组。足球看台碎片满地，摇摇欲坠，一片狼藉。哈迪把清扫这里的任务留到了视察的这一天，仿佛如此重大的任务就是日常工作一样。十个男孩被派往沙地更换沙子，并给场地一边的木板上漆，另外十个男孩则负责看台的另一边。等到视察人员看完白人校区之后，这两队人马就可以好好表现一番了。埃尔伍德和特纳被分到不同的组里。

埃尔伍德开始检查废弃或腐烂了的木板。小灰虫子为了躲避日光，往前乱窜。信号发出时，他已经进入了一个良好的工作节奏——视察人员已经离开了体育馆，正朝足球场走去。他试图想象特纳会怎样给他们取绰号。胖乎乎的那个是杰基·格利森的翻版,剪了寸头的那个看上去像是来自梅伯里的难民,高个子的那个是肯尼迪——他有着已故前总统的那种棱角分明的盎格鲁—撒克逊特征,还有一口漂亮的白牙,而他留的那个发型突出了这种相似性。视察员走在阳光下,脱下了西装——今天将是潮湿的一天——他们穿着短袖衬衫,系着黑色领带,这让埃尔伍德想起了"卡纳维拉尔角"①,以及那些脑袋里塞满不可思议的发射轨迹的聪明人。

他像拽着铁砧似的拽着尼克尔制服口袋里他写下的话。**黑暗不能驱逐黑暗**,那位牧师说,**只有光明可以**。**仇恨不能驱逐仇恨,只有爱可以**。他抄了一份清单,上面列有四个月以来的交货和收件人的情况,包括交易人员的姓名、日期,以及交易的货物:大米的袋数,黄桃罐头的数量,牛肉和圣诞节火腿的数量。此外,他又写了三行有关"白宫"和"黑美人"的情况,并提到有一个叫格里夫的学生,在赢得拳击冠军后失踪了。他把这一切用工整的笔迹写下来。他没有署名,自欺欺人地认为他们不会知道作者的身份。他们当然知道他是告密者,但他们会进监狱的。

---

① 卡纳维拉尔角是肯尼迪航天中心和卡纳维拉尔空军基地所在地,因此是航天业的代名词。

抗议就是这种感觉吗？手挽手走在街道中央，组成一条移动的链条，知道下一个街角等待他们的是一群拿着棒球棍、消防水管，满口辱骂声的白人暴徒。但就像特纳那天在医院告诉他的那样，他孤身一人。

男孩们被教导要等到白人和他们说话后才能回话。他们在很早的时候，就在学校和尘土飞扬的城镇街道上学会了这一点。这一点在尼克尔得到了巩固：你是白人世界里的一个黑人男孩。他考虑了递送这份报告时的不同地点：在校舍里，餐厅外，抑或行政大楼旁的停车场。他从未在不受干扰的情况下，完成这出特殊的解放戏剧——哈迪和斯宾塞，通常是斯宾塞，总会跳上舞台，毁了场景。他原以为校长和主管会带着视察员四处巡视，但州政府的人却在无人陪同的情况下检查。视察员漫步在水泥路上，指指这个或那个，商议着什么。他们拦住人们闲聊几句，把一个跑去图书馆的白人男孩叫了过来，把贝克小姐和另一位女教师拉过来聊天。

或许有可能成功。

"肯尼迪""杰基·格利森"和"梅伯里"在翻新过的篮球场上闲逛完——这是哈迪精心策划的——正朝足球场走去。哈珀嘟囔道："你们这些男孩看起来挺忙的。"并朝视察人员招了招手。他沿着五十码线，朝对面的看台走去，给人一种不受干扰的错觉。埃尔伍德走下看台，绕过了朗尼和正笨拙地把一块松木放到脚手架上的布莱克·迈克。这个角度正好可以把视察员拦住。速度要快——如果哈珀看到，并问起那个信封里有什么，他就说这是一篇关于公民权利如何改变了年青一代有色人种的文章，这篇文章他已经写了好几个星期。这听起来像是特纳会指责他的陈腐玩意儿。

埃尔伍德距离那些白人只有两码的距离。他心跳加速。铁砧似的信封再也挪不动了。他转向木材堆，双手放在膝盖上。

视察员继续朝山上走去。"杰基·格利森"讲了个笑话，其他两个人都跟着笑了起来。他们走过"白宫"时，没有向那里看一眼。

其他学生看到厨房准备的午餐——汉堡包、土豆泥和冰激凌，这些东西永远不会在费舍尔药店里看到——大声嚷嚷起来，惹得布莱克利让他们安静下来。"你们想让他们以为我们在这里举办马戏表演吗？"埃尔伍德吃不进东西。他把事情搞砸了。他决定在"克利夫兰"寝室楼里再试一次。在娱乐室或走廊里迅速地说声"打扰了，先生"，而不是在户外或绿化带中间。有人可以帮他掩护。把东西给"肯尼迪"。但是如果视察员就在那里打开信封或在下山的路上，哈迪和斯宾塞赶来送他们离开校园的时候读了呢？

他们已经鞭打过埃尔伍德。但是，他挨了鞭子之后，仍旧待在这里。白人之前还从未这样对付过黑人，他们什么事儿也做不了，不管是在此刻的蒙哥马利或巴吞鲁日的某地，还是在光天化日之下沃尔沃斯商场外的街道上，抑或是无人知晓的乡间小道上。他们会鞭打他，狠狠地鞭打他，但是只要政府知道这里发生了什么，他们就不会杀了他。他浮想联翩——他看见国民警卫队开着一列墨绿色的货车组成的车队，开进了尼克尔的大门，士兵们跳下车来，列队站好。士兵们或许并不认同他们被委派的任务，他们的同情心站在旧秩序而不是是非对错的一边，但他们必须遵守这片土地的法律。他们就是这样在小石城列队，护送九个黑人小孩进入中心中学的。他们在愤怒的白人和孩子之间，在过去和未来之间搭起了一道人墙。法布斯州长对此无能为力，因为这件事与阿肯色州和其昔日的恶行相比，意义要重大许多，它事关美国。一个女人在公交车里坐在了被告知不能入座的位置上，一个男人在禁止入内的柜台前点了火腿黑麦面包，这一触发了正义的运行机制。或者，一份证明报告也能做到。

我们必须自内心深处相信，我们出类拔萃，我们意义非凡，我们无与伦比，我们必须带着尊严感，以及自己终有所成的信念，每日走在人生大道上。如果他没有这些，他还能有什么呢？下一次，他不会这样犹豫了。

看台组在吃完午餐后回去接着干活。哈珀抓住他的手臂说："等一下，埃尔伍德。"

其他男孩在斜坡上修剪草坪。"什么事儿，哈珀先生？"

"我需要你去农场找到格兰德威尔先生。"他说。格兰德威尔先生和两个助手负责尼克尔所有的种植和收获工作。埃尔伍德从未和他说过话,但是谁都认得他那顶草帽和一身农夫似的黝黑皮肤,这两点让他看起来像是横渡格兰德河到这里来的一样。"这些州政府派来的人今天不会去那里,"哈珀说,"他们会派另一些专家去查看农场,专程派去。你找到他,然后告诉他可以歇息了。"

埃尔伍德转向哈珀指的方向。主路上,三名视察员正爬着楼梯朝"克利夫兰"寝室楼走去。他们走进了楼里。天知道格兰德威尔先生在北面的哪个地方,那里是一亩亩望不到边的酸橙地和土豆田。等他从那里回来时,说不定视察员已经走了。

"我还是喜欢干粉刷的活儿,哈珀——可不可以让其他人去那里?"

"哈珀,先生。"在校园里,他们必须遵守规章制度。

"先生,我更想在看台上劳动。"

哈珀皱了皱眉头。"今天你们表现得太疯狂了,所有人都是。你按照我说的去做,等到周五一切就会回归正常。"哈珀说完,丢下埃尔伍德一人站在餐厅的台阶上。去年圣诞节,他就是站在同样的位置上听德斯蒙德告诉他和特纳有关厄尔肚子痛的情况的。

"我去做。"

说话的是特纳。

"你什么意思?"

"你放在口袋里的那封信,"特纳说,"我去交给他们,他妈的。看看你——你看上去病恹恹的。"

埃尔伍德不知道说些什么。但是特纳曾和那么多骗子站在一起,而骗子绝不会泄露游戏的秘密。

"我说了我去做,我去做。你有别的人选?"

埃尔伍德把信交给了他,随后一句话不说就往北面跑去。

埃尔伍德花了一个小时才找到格兰德威尔先生,他坐在甘薯地边上的一张大藤椅上。这人站起身来,斜眼看着埃尔伍德。

"他们说什么了?我猜我可以抽烟歇息一下了。"他说,并把雪茄重新点燃了。他朝手下的人吼了一声,手下的人在看到送信人之后,就停下了手中的活儿。"现在没让你们停下来,接着干!"

返回的路程很长,埃尔伍德沿着围绕"靴丘"的小径走,这条路领着他穿过了马厩和洗衣房。他走得很慢。他不敢去想特纳是否被拦截了,或者,这个男孩是否背叛了他,又或者说只是把他的信拿到了那个藏身之处并付之一炬。不管他何时到达那儿,那边发生的事都在等着他,所以他吹起了一首打小就记得的曲子,一首蓝调。他不记得歌词了,也不记得是爸爸还是妈妈唱给他听的,但每当那首歌悄然在耳畔响起时,他都会感到惬意,那是一种凉爽的感觉，就像不知从哪里飘来的一朵云投下的影子，从某个更大的东西上脱落的东西。在它漂泊远航之前，短暂地在你这里停留。

晚饭前，特纳把埃尔伍德带到他的仓房阁楼。特纳有闲逛的权利，但是埃尔伍德没有，何况他刚刚从一波恐惧中缓过来。但是，如果是他写了那封信，那么他就有足够的勇气，在未经允许的情况下进入这间仓房。这个藏身之处比埃尔伍德想象中的要小，是特纳在尼克尔开凿出来的一个狭小的休息处——四周的墙壁是用板条搭建的，一张肮脏的行军毯，一个从娱乐室的沙发上卸下来的垫子。这不是一个精明的行家的藏身之所，而是一个为了躲雨、拽紧衣领、走入门廊的逃亡者搭建的简陋庇护所。

特纳坐在对面一个装着机油的箱子上，双手抱着膝盖。"我做到了，"他说，"我把它放在一份《加图尔》里。就夹在报纸里，就像在保龄球馆里，加菲尔德先生偷偷塞钱给该死的警察一样——跑到那个人的车前说'我觉得你会喜欢这份报纸的'。"

"你把那份报纸交给了谁？"

"'肯尼迪'，还会是谁？"他鄙夷地说，"你觉得我会把它交给那个像《蜜月中人》里的家伙吗？"

"谢谢。"埃尔伍德说。

"我没干什么了不起的事儿，埃尔。我只是个送信的，就是这样。"他伸出手，两人握了握手。

那天晚上，厨房的工作人员又把冰激凌拿了出来。舍监们，大概还包括哈迪，对视察工作感到满意。第二天在学校，外加在做星期五的社区服务时，埃尔伍德都在等待反应，就像他曾在林肯高中的科学课上等待火山沸腾、冒烟一样。国民警卫队没有呼啸着冲进停车场，斯宾塞也没有把冰冷的手放在他的脖子上说："孩子，我们有麻烦了。"并没有发生那样的事情。

事情的发展就像之前一样。到了晚上，在寝室里，手电筒的灯光爬上了他的脸，他们把他带去了"白宫"。

第十五章

　　她在《每日新闻》上看到了这家餐厅的情况，为了防止他错过这则消息，就把剪报放在了他的床边。他俩已经有一段时间没在晚上一起出去过了。三个月以来，他的秘书伊薇特依旧会早早离开办公室去照顾她的母亲，于是他在每天工作结束后都要做扫尾工作。伊薇特的母亲老糊涂了，他们现在管这叫痴呆症。在米莉看来，三月快过完了，每年容易发疯的日子快过去了，临近四月十五日[①]了，大家都得加快速度了。"他们拖延起来很有一手，简直不可理喻。"他的妻子说。她为了赶上十一点的新闻，通常会准时到家。他已经取消了两次"约会之夜"——"约会之夜"是某些女性杂志提出的玩意儿，现在却像碎片一样嵌入了他的词汇中——所以米莉不会让他错过这一次。米莉说："多萝西去过这家餐厅两次，她说那里简直不可思议。"
　　在多萝西看来，很多事情都是不可思议的，比如福音会的早

[①] 每年的4月15日是美国人缴税的日子。

午餐、《美国偶像》，以及组织一场反对新清真寺开放的请愿活动。他保持沉默。

他在被伊薇特为"佼佼者"公司设立的新医保搞得崩溃后，于七点离开了公司。新的医保是很便宜，但从长远来看，他会因为这种分摊付款的鬼把戏而被坑吗？这种文书工作总令人困惑和烦恼。明天伊薇特来的时候，他需要她再解释一遍。

他在百老汇的城市学院站下了车，脱下衣服，爬上了山坡。三月的天气比预计的要暖和些，但他记得曼哈顿不止一次在四月迎来过暴风雪，所以还不能说春天已经来了。"就在你把外套收起来之后，天又冷了。"他说。米莉说他的话听起来像是一个住在山洞里的古怪隐士说的。

卡米尔餐厅位于第141大街和阿姆斯特丹大道交界处的一栋七层楼高的零售百货中心。《每日新闻》的评论将这个餐馆形容为新崛起的南方，"改良过的乡下菜"。改良是什么意思——白人做的黑人食物？在猪肠上撒一点白色的腌制品？橱窗里闪烁着孤星牌啤酒的霓虹灯，入口的菜单边围着一圈亚拉巴马州的破车牌。他斜起眼睛看了看——他的眼睛已经不如以前那样好使了。尽管招牌上提示说这里出售的是乡下的东西，但食物听起来很不错，也没有做得太过讲究。他来到领位处，发现里面的大多数顾客都是住在附近的人。黑人，拉丁美洲人，他们要么在这个地区工作，要么在这里上大学。这里的食物很合他们的胃口，这么多人来这里就是证明。

领餐的女服务员是一个白人,她穿着一件属于他们那个群体的淡蓝色的嬉皮裙。她瘦长结实的胳膊上文着谁都看不懂的汉字。她假装没看见他,于是他发起了一轮"种族歧视还是劣质服务"的猜测。他还没得出结论,她就为让他等待而道歉了——新的系统坏了,她说,并对自己领位台上灰色的灯光皱起了眉头。"您想现在入座,还是等同伴来了再入座?"

出于多年的习惯,他说他会在门口等,随后,他在人行道上感受到了那种久违的失望感——米莉让他戒了烟。他从箔纸里推出了一片尼古丁口香糖。

这是冬末一个温暖的夜晚。他不觉得曾来过这个街区。他往第142大街望去,认出了从事先前那份工作时看到过的一幢旧建筑,那时他还在开卡车。他有时仍会感到过去的日子依旧长在他背里,一阵剧痛,一阵战栗。现在这里成了汉密尔顿高地。他的一名调度员第一次问起汉密尔顿高地在哪里时,他曾说:"告诉他们,搬到哈莱姆区去就是了。"这个名字自那时起就留在了他的脑子里,萦绕不去。房产经纪人会给老地方编造新的名字,或者恢复老地方的旧名字,这意味着这个街区正在发生变化。这意味着年轻人和白人正在搬回此地。他现在支付得起办公室的租金和工人的工资了。若想付钱让他帮你搬家去"汉密尔顿高地"或

"下无名镇"①，抑或任何能想到的地方，他都乐意帮忙，费用按三小时的标准起步。

白人们又回到了这里。多年前，这里的人们离开了这个岛屿，从暴乱、破产的市政府和涂鸦中逃离，这些涂鸦拼出来是"去你妈的"，但不知道指的是什么。现在他们的子孙又回来了。他刚到这里的时候，这座城市简直是个垃圾场，他并不责怪这里的人。他们的种族主义、恐惧和失望使他的新生活得以维持。如果你想付钱搬到长岛的罗斯林，地平线搬家公司很乐意帮忙，他当时拿的是计时工资，如果这笔钱没有按小时支付给他，那他会很感激贝茨先生及时以账外付款的方式，用现金支付给他。贝茨先生不在乎他叫什么名字，也不在乎他从哪里来。

一份《西区精神报》贴在街角的垃圾桶外，他给米莉留言说他不会接受采访。还是等到上床睡觉的时候或是明天再说吧，以免毁了这个夜晚。一个和米莉同在一个读书俱乐部的女人在为那份报纸兜售广告，她告诉米莉，她或许可以提名他参与一个正在进行的名为"进取的企业家"的专题报道，聚焦的对象是当地产业。他是不二人选——一个拥有自己运营的公司的黑人，他雇用的是当地人，为他们提供职业指导。

"我没有指导任何人。"他对米莉说。他当时在厨房里，正

---

① 某部电视剧中虚构的地方。

在给垃圾袋打结。

"这个荣誉可不小。"

"我不是那种需要所有人来关注的人。"他说。

采访很简单——一次快访,他们派来了一个摄影师,给他在第125大街上的新办公室拍了几张照片。也许其中包括他站在卡车前的那一张——大老板,一切尽收眼底。一切进行得很顺利。他应对得很好,投放了一两个广告,这事儿差不多这样就行了。

米莉晚到了五分钟。这对她来说有点反常。

他感到恍惚。他往后退了一步,又后退了一步,这样才看清那座建筑物,才意识到自己以前来过这里。那要追溯到20世纪70年代。这家餐厅曾经是一个类似于社区中心的地方,那里提供法律援助,放眼望去,可以看到一张张桌子,每个人看起来都和你一样。这里可能是由前黑豹党成员运营的,可以帮你填写食品券和其他政府项目的申请表,一洗令人沮丧的官僚作风。他当时还在地平线搬家公司工作,所以那时应该是70年代。顶楼,仲夏,电梯坏了。扛着那些黑白相间的六角形地砖,台阶因为被太多的人踩过而破碎,如同微笑一般,每一层都有十几个笑脸。

没错,有一个老太太去世了。她的儿子雇他们把所有的东西打包,然后把它们搬到他位于长岛的家里。他们把东西搬到新家的地下室,然后塞进锅炉和从未用过的钓竿之间的适合空间里。那些东西一直保持没动,直到那个儿子死了之后。他的孩子们都不知道该怎么处置这些东西，于是又从头收拾起来。这家人收拾好了老太太留下的一半东西就放弃了——你要知道，当人们被一项艰巨的任务搞得不知所措时会有什么样的征兆。他的记忆里还存有一大堆那天下午的情景：在廉价公寓的楼层间上上下下；汗水浸透了地平线公司员工的汗衫；门窗紧闭，隔绝和死亡的霉味扑面而来；空的橱柜。她去世的床上，只剩下蓝白条纹的床垫和她留下的污渍。

"我们要把床垫搬走吗？"

"我们不需要把床垫搬走。"

只有上帝知道，他在那些日子里曾害怕自己也会那样死去。没人知道他死了，直到邻居闻到了腐臭味，愤怒的大楼管理员领着警察进了屋。警长怒不可遏，直到他看到了尸体，剩下的就是把所有碎片拼成档案——邮件堆在那里没人管，有一次他对隔壁一位善良的太太恶语相向，发誓要毒死她的猫。在他常年居住的一间房里孤独地死去，他死之前想到的最后一件事会是什么呢？——尼克尔。尼克尔一直在追捕他，直到他生命的最后一刻——他脑袋里的一根血管爆炸了，或者他的心脏在胸腔里骤然停止——随后，尼克尔也不在了。也许尼克尔就是等待着他的死后世界，那里的山下有一座"白宫"，有吃不完的燕麦粥，有失足男孩永恒的兄弟情谊。他已经多年没去想过人会像这样死去——他会把遗物装进一个盒子里，然后把它放到地下室，挨着锅炉和被人遗忘的钓具。就和以前那些东西放在一起。他很久以前就不再粉饰那个幻想了。不是因为他生命中有了某个人，而是因为那个人就是米莉。她把他糟糕的那部分剥落了。他希望自己也能这样做。

他有一种感觉——他想给她买花，就像他刚开始约她出去时那样。八年前，他在"黑尔之家"的募捐活动上看到她，她当时正一笔一画地填写抽奖券。这是一个普通的丈夫会做的事吗——无理由地买花？离开那所学校这么多年了，他仍然花了一段时间试图了解普通人的习俗。普通人就是那些幸福地成长起来的人，那些一日吃三餐，亲吻道晚安，对"白宫""情人巷"和判你下地狱的白人法官毫无概念的人。

她迟到了。如果他走得快一点，就可以在她到达之前，去百老汇大街的一家韩国杂货店给她买一束便宜的花。

"这是干什么？"她会问。

为了融入完全自由的世界。

他应该早在踏出办公室经过杂货店门口，或者走出地铁的时候就想到要去买花，因为这样她到时就会说"瞧瞧我英俊的丈夫"，而今晚就会成为约会之夜。

第十六章

他们的父亲教会了他们如何制伏奴隶，这份残酷的传家宝代代相传。把他从家里带走，用鞭子打到他只记得鞭子为止；用链子拴到他只记得链子为止。把他关在铁笼子里一段时间，热得他头脑发昏，就可以赚一笔钱。一间黑牢，一座漆黑的、隔绝了时间的阁楼房间同样可以做到。

南北战争之后，因违反"吉姆·克劳法"——流浪罪、未经允许更换雇主、"傲慢接触罪"，等等——而被罚款五美元可以让黑人男子和黑人女子深陷债务劳动之中，白人的儿子们记住了这一家族学问。挖坑、锻造铁栅栏，禁止黑人接受阳光的滋养。佛罗里达男子技工学院经过六个月的时间，将三楼的储藏室改造成了单独禁闭室，随后投入运营。一个勤杂工挨个儿地将禁闭室的门闩拧紧。即便在1921年那场大火夺去了两个被关押男孩的生命之后，黑牢仍在使用。那些白人的儿子依旧紧紧追随古老的方法。

"二战"结束后，州政府宣布在青少年机构设置黑牢和禁闭室是不合法的。在当时,劳改还是高尚的,即便在尼克尔也是如此。但是那些房间在等待着,空空荡荡、寂静无声、密不透风地等待着。它们等待着不守规矩的男孩来这里改正态度。只要那些儿子——那些儿子的儿子——依旧记得,这些房间就会一直等下去。

埃尔伍德第二次被带到"白宫"挨的那顿打并不如第一次那么猛烈。斯宾塞不知道这个男孩的举报信会带来怎样的危害——还有谁读过这封信,谁会来管,州议会大厦会引起怎样的反响。"机灵的黑鬼,"他说,"我不知道他们从哪里搞来了这些机灵的黑鬼。"主管一改往日嬉皮笑脸的样子。他揍了这个男孩二十下,随后被什么东西分了神,于是第一次把"黑美人"交给了亨内平。斯宾塞雇亨内平来接厄尔的班时,完全没有意识到他找来的这个人有多完美。他俩简直惺惺相惜。亨内平多数时间里都保持着一副呆滞的邪恶表情,动作缓慢地在操场上走来走去,但一有机会实施暴行,他就会一脸淫笑,露着宽大的牙缝。亨内平刚揍这个男孩几下,斯宾塞就让他住了手。不知道在塔拉哈西会发生什么。他们把这个男孩带去了黑牢。

布莱克利的房间位于楼梯尽头的右边。另一扇门后面是一个小门廊和三个房间。这些房间为了应付视察重新进行了粉刷,一堆堆被褥和多余的床垫被搬了进去。涂料掩盖了先前关押在这里的人的姓氏首字母,也掩盖了多年来留下的黑暗中的抓痕。姓氏首字母、名字，以及一大片咒骂的话和求饶的言辞。门打开后，抓痕就会透露出留下痕迹的男孩们的信息，这些象形文字并不代表着他们刻入墙中的记忆。这些都是恶魔学的符号。

斯宾塞和亨内平把床单和床垫拖到了另一边的房间里。这间被腾空了，他们把埃尔伍德推了进去。第二天下午，当值的舍管给这个男孩拿来了一个尿桶，此外就什么也不给了。光线从门顶上开着的网眼滤进来，他的双眼已经渐渐适应了这一缕灰光。他们给他吃别的男孩吃剩下的早餐，一天一顿。

之前被关在这个特殊房间里的三个男孩结局都很糟糕。这个地方比糟糕透顶还要糟，是一块诅咒之地。里奇·巴克斯特因为还手被罚进黑牢——一个白人主管扇了他耳光，里奇打掉了对方三颗牙齿。他有一只强力的右手。里奇在这间屋子里待了一个月，其间他还想着等出去后，要用华丽的暴力对付白人世界。重伤，谋杀，袭击。他边这样想，边在粗布工作服上擦拭血淋淋的指关节。结果恰恰相反，他最后被征召入伍，在朝鲜战争结束前的两天战死沙场——被装在了密封的棺材里。五年以后，克劳德·谢泼德因为偷窃桃子被送到了楼上。在黑暗中待了几个星期之后，他整个人都变了——进来时是个男孩，出去时是个步履蹒跚的男人。他宣布与不端行为划清界限，并寻求能改善他一无是处的方法，但他运气欠佳，始终没有找到。三年后，克劳德在芝加哥的一家廉价旅店里吸食了过量的海洛因，现在他被埋在公共墓园里。

在埃尔伍德之前被关在这里的人名叫杰克·科克尔——他被发现与一名叫特里·邦尼的学生发生了同性间的性行为。杰克在"克利夫兰"寝室楼里度过了黑暗的时光，特里则被关在"罗斯福"寝室楼的三楼。冰冷之地的双子星。杰克被放出来后做的第一件事就是把凳子扔向特里的脸。好吧，这不是第一件事。他得等到晚餐时才能动手。另一个男孩是一面镜子，他在上面瞥见了自己的破败。埃尔伍德来到尼克尔之前的一个月，杰克死在了一家乡间旅馆的地板上。他听错了一个陌生人的话，被人痛打了一顿。那位陌生人带着一把刀。

一个半星期过后，斯宾塞厌倦了担惊受怕——其实，他多数时间里都在害怕，只不过不太适应这种由一个黑人小孩带来的恐惧感——便去看了看埃尔伍德。事态在州议会里冷却了下来，哈迪松了一口气。最难熬的时候已经过去了。政府要管的事情太多了，这种问题太普遍。他是这样想的。情况一年不如一年。斯宾塞的父亲曾是南校区的一位主管，因手下一名被监管的人窒息而死被降了职。当时发生了一些难以控制的骚乱，他成了替罪羊。之前他手头的钱就很紧张，现在更紧张了。斯宾塞依旧记得那些日子，锅里炖着罐装咸牛肉和肉汤，食物臭烘烘的味道弥漫在小小的厨房里，他的兄弟姐妹拿着破边碗，排着队等吃的。他的祖父曾在阿肯色州斯帕德拉的T. M. 麦迪逊煤炭公司上班，负责看管在那里工作的黑人囚犯。县里和公司没人敢干涉他的职务——他是一个手艺人，业绩很好，因而受到别人的爱戴。斯宾塞监管的男孩中，竟有人写信告发他，这简直有损他的人格。

斯宾塞带亨内平一起去了三楼。寝室楼里的其他孩子都在吃早饭。"你或许在想我们打算把你关在这里多久。"他说。他们踢了埃尔伍德一会儿，斯宾塞感到好些了，仿佛胸中的一个因担忧而起的气泡终于破了。

埃尔伍德每天都在经历从未遇到过的最糟糕的事：他在那间屋子里醒来。他或许永远也不会对谁说起在黑暗中度过的那些日子。谁会来看他呢？他从未想过自己会是个孤儿。他必须留下，这样他的母亲和父亲就能在加利福尼亚找到他们要的东西。没必要对此难过——一件事发生之后就会带来另一件事。他曾想过，有一天他会对父亲说起自己写的信，这封信多么像他父亲曾写给指挥官，反映部队里怎么对待有色人种士兵，从而让他父亲在战争中得到嘉奖的那封。但是他几乎和一个孤儿无异，就像许多尼克尔男孩一样。没有人来看他。

他一直在脑中思考马丁·路德·金博士的伯明翰市监狱来信，深深体会并在他内心形成了强烈的召唤力。一件事会催生另一件事——没有囚室，就没有采取行动的强烈需求。埃尔伍德没有纸，没有笔，只有墙壁，但他没有任何出色的想法，更别说智慧和表达智慧的言语了。他这一生，世界都在他耳边述说它的规则，他却拒绝聆听，反倒聆听到了更高级的命令。世界不断在发号施令：别去爱，因为爱不会长久；别去相信，因为会遭到背叛；别站直身子，因为会被打趴下。他依旧能听到那些更高尚的祈使句：去爱就会有爱的回报；相信正义的道路，它会指引你得到解脱；斗争才会让事情改变。他从不听，也不看眼前发生的一切，现在他完完全全脱离了这个世界。他只能听到楼下那些男孩的声音，喊叫声，笑声，以及恐惧的呼喊声，他仿佛飘浮在苦涩的天堂。

一座监狱里的监狱。在那些漫长的时日里，他一直在与那位牧师给出的等式作斗争。**哪怕把我们丢进监狱，我们依旧爱你们……但是请相信，我们会用我们的忍耐力来消磨你们，总有一天，我们会赢得我们的自由。我们不仅会为我们赢得自由，我们还会在你们的心灵和意识里引起强烈的情感，我们会在这个过程中战胜你们，因此我们的胜利将会是双重的**。不，他不会朝着爱迈出那一步。他知道，无论是提议的冲动，还是执行的意志，都不会让他迈出这一步。

他小的时候会一直在里士满酒店餐厅外面望风。这家店虽然不对他的种族开放，但总有一天它会的。他一直等，一直等。在这间黑牢里，他又重新审视起当初的守候。他寻求的不仅是一个拥有同样棕色皮肤的人——他在寻找一个像他一样的人，一个可以称为同路人的人。有些人会把他认作同路人，他们会看到相同的未来正在逼近，尽管可能过程缓慢，但他们偏偏喜欢踏上偏僻的、隐秘的贫瘠之路，并与回响在演讲现场和手绘抗议标语间的低沉的音乐相合拍。他们已准备好把自己的重量献给巨大的杠杆，以期撬动世界。这样的人无论是在餐厅，还是其他什么地方，从来都没有出现过。

通向楼梯井的门打开了，刮擦着地板。黑牢外面传来了脚步声。埃尔伍德准备好再挨一次打。三周以后，他们最终决定了该如何处置他。各种不确定性——他认定这是他还没有被带到"不归处"的铁环上，然后消失的唯一理由。现在，事态平息了，尼克尔又恢复了一代代传下来的固有纪律和作息。

门闩滑开了。门廊上出现了一道瘦弱的剪影。特纳让他别出声，并扶着他站了起来。

"他们明天就带你去'不归路'。"特纳耳语道。

"是的。"埃尔伍德说，仿佛特纳说的是别人。他头晕眼花。

"我们得动手了，老兄。"

埃尔伍德对"我们"这两个字感到困惑。"布莱克利。"

"那个黑鬼昏睡过去了，老兄，嘘！"特纳把埃尔伍德的眼镜、衣物和鞋子交给他。这些是从埃尔伍德的储物柜里拿来的，他第一天来这所学校时穿的就是这一身。特纳同样穿着普通的衣物：黑色的裤子和深蓝色的工作衫。我们。

"克利夫兰"寝室楼的男孩们为了配合视察,将吱呀作响的地板换了,不过他们漏了其中的几块。埃尔伍德把头靠在地板上,听着舍监住处传来的动静。沙发放在靠近门的地方。当吹过起床号,布莱克利还没醒的话,好几个孩子会沿着台阶上楼,把他从沙发上叫醒。布莱克利没有动静。埃尔伍德由于受到监禁和两次殴打,身体都僵硬了。特纳让他靠着自己。特纳的背上背着一个鼓鼓囊囊的背包。

1号房间或2号房间的男孩去上厕所的时候,他们或许可以抓住机会动身。他们尽可能悄无声息地沿着下一段楼梯下楼。"我们要径直穿过去。"特纳说。埃尔伍德知道他的意思是穿过娱乐室,来到"克利夫兰"寝室楼的后门。一楼的灯会开一整夜。埃尔伍德不知道现在是什么时间——凌晨一点?还是两点?——但夜已深,那些违规打瞌睡的守夜人现在肯定已经睡熟了。

"他们今晚在停车场打扑克,"特纳说,"我们见机行事。"

他们避开从窗户里射出来的光,一瘸一拐地朝大路跑去。他们出来了。

埃尔伍德没有问他们要去哪里。他只问特纳:"为什么?"

"该死的——他们这两天像虫子一样跑来跑去,那些狗娘养的,斯宾塞,哈迪。后来弗雷迪告诉我,山姆听莱斯特说他们要带你去'不归路'。"莱斯特是住在"克利夫兰"寝室楼里的一个孩子,他在主管的办公室里打扫卫生,能打听到所有即将发生的大事,活脱一个沃尔特·克朗凯特①。"就是这样,"特纳说,"错过今晚,一切都得玩完。"

"但是,你为什么要和我一起逃跑?"特纳本可以给埃尔伍德指出正确的方向,然后祝他好运。

"像你这样的蠢蛋,他们马上就能抓住带走。"

"你说过不会带任何人和你一起,"埃尔伍德说,"逃跑。"

"你是个蠢货,我也是个傻瓜。"特纳说。

特纳打算带他往镇子上跑,他们在路上狂奔,有车经过时就躲起来。离房子越来越近时,他们就俯下身子慢慢地走,这个姿势很适合埃尔伍德。他的背很痛,腿也被斯宾塞和亨内平用"黑美人"打伤了。加紧赶路减轻了疼痛感。某家的狗在他们经过主人的房子时,大声叫了三声,随后这两个孩子就加速奔跑起来。他们看不见狗在哪里,但狗叫声使他们血流加快。

"他整整一个月都在亚特兰大。"特纳说。他打算带埃尔伍德去查尔斯·格雷森先生的住处,就是他们在拳击大赛那晚给其唱过生日快乐歌的那个银行家。在社区服务时,他们清理过他的

---

① 沃尔特·克朗凯特:美国著名新闻主播,曾担任哥伦比亚广播公司《晚间新闻》的主持人。

车库,给那里上过漆。那是一座大房子,并且里面没有人住。他的双胞胎儿子去上大学了。埃尔伍德和特纳扔掉了很多格雷森家孩子儿时的旧玩具。埃尔伍德记得,他们有两辆一模一样的红色自行车。自行车还在原地,就在园艺工具旁边。他们可以借助足够亮的月光把自行车推出来。

特纳给轮胎打气。他没费力就找到了打气泵。他策划这件事有多久了?特纳也有他自己要记的东西——这所房子会提供一点帮助,那所房子会提供一点帮助——一如埃尔伍德的记录。

一旦骑上车,他们就用不着和狗斗智斗勇了。特纳对他说:"你只管尽力跑远就是了。在你和它们之间拉开几英里的路。"他用大拇指和食指捏了捏轮胎,试了试。"我觉得塔拉哈西是个好地方,"他说,"那里很大。我想去北方,但我对那里不熟。在塔拉哈西,我们可以在某地搭个车,那样这些狗只有插上翅膀才能抓住我们。"

"他们会把我杀了,埋在那里。"埃尔伍德说。

"绝对会的。"

"你得带我逃。"埃尔伍德说。

"会的。"特纳说。他刚想说些别的什么,却停住了。"你会骑车吗?"

"我会。"

去塔拉哈西需要坐一个半小时的车。骑车要多久?他们绕着走，谁知道在太阳升起前能走多远呢？第一次有车从他们后面开了过来，他们已经来不及转向了，继续面无表情地骑着车。那辆红色的小卡车若无其事地超过了他们。在那之后，他们继续上路，以埃尔伍德能达到的最快速度尽量多走几英里。

　　太阳升起来了。埃尔伍德朝着家的方向前进。他知道他不能进家门，但是一想到在经过这么多白人的街道之后，可以再一次回到他的城市，他就冷静下来了。特纳让他去哪里，他就去哪里，等到安全之后，再把这一切写在纸上。他会再试着给《防卫者》和《纽约时报》投稿。这两份都是纪实类的报纸，这意味着它们是在保护这个体制，但是它们在报道权利斗争方面已经取得了很大的进步。他可以再次联系希尔先生。埃尔伍德到了尼克尔之后，并不打算联系他以前的老师——他的律师曾答应他，会帮他找到希尔先生——不过，希尔先生认识很多人。"全国学生统一行动委员会"的人，还有金牧师圈子里的人。埃尔伍德失败过，但他别无选择，只好再次接受挑战。如果他想要改变，除了站起来，还能做什么呢？

　　特纳则在想他们得跳上哪辆火车，他想到了北方。去那里也不算太糟——一个黑人在那儿也能出人头地。自己做决定，不再听命于人。如果没有火车，他就用手和膝盖爬着去。

　　到了早晨，路上的交通繁忙起来。特纳仔细研究过这条路和其他乡村小路，而后选择了这一条。从地图上看，这条路沿途人烟稀少，距离也更短一些。他确信司机们正在核查他们的身份。最好的方式就是直视前方。令他吃惊的是，埃尔伍德跟上了他的速度。在拐弯处，道路上升为斜坡。如果特纳曾被关起来，挨过几次打，他或许会在上山时从车上跌下来，倒在地上，尽管这种可能性不大。坚定——这就是埃尔伍德。

特纳用手按着膝盖前进。当他听到后面车的声音时，他本不该往后看的，但他感到一阵恐慌，便转过头去。那是一辆尼克尔的货车。随后，他看到了前挡泥板上的铁锈。那是社区服务用车。

路的一边是农田——犁沟里全是土堆——另一边是开阔的牧场。就他目力所及之处，除了这两块地方，其他地方都看不见树林。牧场离他们近一些，四周是白色的木栅栏。特纳对他的搭档喊道。他们得跳下自行车跑路了。

他们驶入崎岖不平的道路，然后跳下自行车。埃尔伍德在特纳之前跨过了栅栏。他背上的一处伤口流出的血把衬衫染红了，现在已经干了。特纳很快就赶了上来，两个男孩肩并肩一起跑。他们跑过高高摇曳的野草和杂草。货车的门开了，哈珀和亨内平飞快地翻过栅栏。他们每人都带了一支猎枪。

特纳瞥了一眼："跑快点！"

他们沿着栅栏另一边的斜坡跑，随后穿过树林。

"我们到了！"特纳说。

埃尔伍德喘着粗气，嘴巴咧着。

猎枪第一枪打偏了。特纳又回头看了看。开枪的是亨内平。随后哈珀停了下来。他学着小时候父亲教他的样子端着猎枪。他父亲不太待在他身边，但是教会了他开枪。

特纳一个急转弯，低下头，仿佛这样就能躲过子弹。**你们抓不住我，我是姜饼人**。他又回头看了一眼，哈珀扣下了扳机。埃尔伍德张开手臂，伸出双手，好像在测试长廊墙壁的坚固性。这条长廊他已经走了很长时间，却看不到尽头。他跌跌撞撞地向前走了两步，跌倒在草地上。特纳继续往前跑。后来，他曾问过自己是否听见了埃尔伍德的叫喊声，或者其他什么声音，但始终没想起来。他仍在奔跑，脑子里只有血液奔腾和翻滚的声音。

尾　声

　　无论他对着屏幕如何用力地戳和喃喃自语，这些自助查询机依旧不喜欢他。他只能去值机柜台。柜台前的服务员是一个黑人女孩，二十五六岁的样子，全职。新一代抛头露面了，就像米莉的侄女，他们不怕告诉你，他们可不想收拾烂摊子。

　　"飞往塔拉哈西，"特纳说，"我姓柯蒂斯。"

　　"可以看看身份证明吗？"

　　他应该换新驾照了，现在他每天都会剃头。他和照片上那个人差太多了。那是以前的他。一旦到了塔拉哈西，他就再也不需要这本驾照了。它成了历史。

　　离开尼克尔两周后，当餐厅的主人问起他的姓名时，他回答说："埃尔伍德·柯蒂斯。"这是从他脑袋里蹦出来的第一个名字。这样做没什么问题。自那以后，无论谁问起，他报的都是这个名字，为了纪念他的朋友。

　　为他而活着。

　　埃尔伍德的死上了报纸。他是当地男孩，你无法逃脱法律的制裁，一派胡言。特纳作为另一个逃犯，其名字在黑白新闻纸上成了"一个年轻的黑人"。此外，就没有别的描述了。另一个惹麻烦的黑人男孩，这就是你需要知道的全部。特纳当时躲在杰米总喜欢去的地方——万圣节那天，铁路旁的院子里。一天晚上，他在车站冒了一次险，跳上了一辆往北去的货车。他沿着海岸到处打工——饭店，临时工，建筑工地。最终，他来到纽约，留在了那里。

1970年，他第一次回到了佛罗里达州，想要搞一份埃尔伍德的出生证明。在建筑工地和廉价饭馆里工作，不好的地方在于同伴都是粗人，但他们也知道一些见不得人的事情，比如，如何为一个死人取得出生证。死去的男孩。出生日期，父母的名字，出生的城市。这在当时很容易——在佛罗里达州变得精明，并对这些信息采取保护措施之前。两年后，他把这些信息输进社保卡里，过后社保卡出现在信箱里，就放在A&P的传单上面。

值机柜台后面的打印机吱吱呀呀，嗡嗡地工作着。"祝您旅途愉快，先生。"服务员说道，并笑了笑，"还有别的能帮到您的吗？"

他回过神来："谢谢。"他的思绪还沉浸在老地方。这是他四十三年以来第一次去佛罗里达。这个地方穿过电视屏幕，把他拉了回来。

昨晚，米莉下班回到家之后，他给她看打印出来的两篇文章，上面写的是有关尼克尔和墓园的内容。"太可怕了，"她说，"那些人什么惩罚也没有得到。"其中一篇文章说，斯宾塞几年前死了，但是厄尔依旧招摇过市。他现在九十五岁了，他们所有人都该死。他退休了，并且作为"埃莉诺社区受人尊敬的一员"，获得了2009年由该镇授予的"年度好公民"奖。从报纸上的照片来看，这个老主管已经风烛残年，在门廊里挂着一根拐杖，但是他那双铁一般冰冷的双眼，还是让特纳打了一个寒战。

"你是否曾用一根皮带抽打男孩们达三十或四十次？"记者问道。

"这肯定不是事实，先生。我以我孩子的性命起誓。**只是小小的惩戒。**"厄尔说道。

米莉把文章还给他。"这个老浑蛋一看就打过那些男孩。**只是小小的惩戒。**"

她不懂。她一辈子都生活在自由世界里，怎么会懂呢？"我以前在那里待过。"特纳说。

他的语调变了。"埃尔伍德？"仿佛在测试冰面是否能承受她的体重。

"我在尼克尔待过。就是那个地方。我和你说过，我进过少管所，但我从未说过那里的名字。"

"埃尔伍德，到这儿来。"她说。他坐在沙发里。他并没有如他几年前对她说的那样，是刑满释放，而是跑了出来。随后他

233

把其余的事儿都和她说了，包括他朋友的故事。"他的名字叫埃尔伍德。"特纳说。

他们一起在沙发上坐了两个小时。其间她把卧室的门关上，去里面待了十五分钟。"我得离开一下，对不起。"随后，她红着双眼回来了，他们继续聊了下去。

从某种程度上说，自从他的朋友死后，特纳就一直在讲埃尔伍德的故事，经过多年的修改，才把故事真实的版本说了出来，因为他不再是年轻时那个绝望的流浪猫了，他变成了一个自认为埃尔伍德会引以为傲的人。幸存下来还不够，你得活下去——当他在阳光下走在百老汇大街上，或者长夜将尽，趴在书堆上时，他都能听到埃尔伍德的声音。特纳进尼克尔时，心里装着处事策略，以及辛苦学来的躲避技巧和避免陷入困境的诀窍。他翻过牧场另一边的栅栏，进入了树林，随后两个男孩都消失了。他以埃尔伍德之名，试着找到另一种活法。现在，他实现了愿望。这个名字将会指引他去往何方？

米莉说："你与汤姆吵翻那次。"十九年的时光浓缩为细小的颗粒。关注细节更容易些。一些小事情卡在哪里，让她无法看到整个画面。他和汤姆的那次争吵。他第一次干搬家的活儿时就和汤姆在一起工作。他们是老朋友了。汤姆在杰斐逊港的家中举行独立日户外烧烤。他们谈起了一个因逃税入狱、刚刚刑满释放的说唱歌手，汤姆说了句"不想遭罪，就别犯罪"，听上去很像那些老警匪片的片头字幕歌词。

"这就是他们逍遥法外的原因，"他对汤姆说，"因为像你这样的人认为被判刑的人是罪有应得。"为什么他——谁？埃尔伍德？特纳？她的这个男人——会为这个无赖辩护？他会那样暴跳如雷。汤姆穿着那件傻傻的围裙翻烤汉堡肉时，他当着所有参加聚会的人的面对着汤姆大喊大叫。他俩在开车回曼哈顿的路上一句话也没说。还有一些小事：他会因一些电影场景的牵绊——暴力的，无助的——回想起尼克尔，从而毫无预兆地走出电影院，只丢下一句"太无聊了"。即使这样的黑暗笼罩在他身上，他总是那么冷静。他会对警察、刑事司法体系和剥削者咆哮——所有人都恨警察，但他表现得不一样，当他难以抑制地哭起来的时候，脸上会流露出野性，言辞激烈，所以她学会了让他发泄。噩梦折磨着他，就是那些他决心要忘记的噩梦——她知道他进的少管所名声恶劣，但她不知道那就是这个地方。他哭泣的时候，她把他的头放在她腿上，用大拇指摸着他耳朵上流浪猫才会有的伤疤。这道伤疤她从未注意过，现在就在她眼前。

他是谁？他就是他，是一直以来的那个人。她告诉他，她能理解，就像第一晚听到时那样能够理解。他就是他。他和她的年龄一样大。她与他成长在同一个国家，有着一样的肤色。她住在2014年的纽约。有时很难记起这里曾多么糟糕——当她去弗吉尼亚拜访家人时，曾弯腰去喝只为有色人种准备的喷饮水，这是白人处心积虑地折磨他们——随后因一些小事勾起了过去的种种，比如，站在角落里试着打车，对于每次常规的羞辱，五分钟后就要忘记，因为如果不忘掉，她就会发疯。还有一些大事也会勾起回忆，驾车经过一个破败的街区时，为白人处心积虑的刁难感到窒息，抑或是另一个被警察击毙的男孩：在我们自己的国家，遭受来自他们的非人对待。一直都是这样。也许将来依旧如此。他的名字并不重要。谎言虽大，但她越是深入他的故事，了解到世界如何将他扭曲，就越能理解他。从那种地方出来，并且有所成就，成为一个用他的方式来爱她的人，成为一个她爱的人——他的欺骗与他对生活的付出相比，不值一提。

"我不想用他的姓来称呼我的丈夫。"

"杰克。杰克·特纳。"除了他母亲和阿姨之外，再也没有人这样叫过他。

"我会试试看，"她说，"杰克，杰克，杰克。"

他听起来觉得没问题。每一次从她嘴里喊出这个名字之后，这个名字就会变得更为真实一些。

他们精疲力竭。躺在床上时，她说："你得把一切说给我听。不仅仅是今晚。"

"我知道。我会的。"

"如果他们把你抓到监狱里会怎样？"

"我不知道他们会做什么。"

她应该和他一起去。她想和他一起去。但他不会让她去的。在他完成这件事后，他们会接着说。无论这件事会以什么方式在那里收场。

之后，他们就没再说什么。他们没有睡去。她蜷缩在他的背上，他把手往后伸向她的臀部，以确保她依旧是真实的。

登机广播播报了他所搭乘的飞往塔拉哈西的航班就要起飞了。他坐到了自己的位置上。他伸展身体，然后睡着了，头天晚上整宿没睡，当在飞机上醒来时，他因为背叛与自己争执起来。米莉为他改变了一切。她与他的过去和解了。他却背叛了她，也背叛了埃尔伍德，因为是他把那封举报信交出去的。他应该把信烧掉，通过协商的方式解决掉这个愚蠢的计划，而不是对他保持沉默。这个男孩收到的只有沉默。他说："我要表明立场。"而这个世界依旧保持沉默。埃尔伍德，他秉持着高尚的道德律令，有关于人类不断进步的能力的美好信念，有关于世界自我纠正的能力的出色构想。他把埃尔伍德从"不归处"的两个铁环上，从那片秘密的墓园里救了出来。但没有改变什么，他们把他葬在了"靴丘"。

他本该把信烧掉的。

他从近几年有关尼克尔的文章中得知，他们很快会把死去的男孩埋掉，以此躲避任何调查，甚至不给死去男孩们的家人一个交代——但在当时，又有谁有钱把他们带回家，重新安葬他们呢？哈丽特就不行。特纳在一份塔拉哈西报纸的网上档案中找到了她的讣告。她在埃尔伍德死后一年去世了，家里只剩下女儿伊芙琳。档案里没有提到这位女儿是否出席了葬礼。特纳现在有钱了，可以妥善安葬他的朋友了，但是还有一些事情要去更正。就像他对米莉坦白他是谁那样——他回到尼克尔之后，什么也没有看到。

特纳在塔拉哈西机场外排队等候出租车，在飞机上憋久了，他想问一个正打火抽烟的重度烟瘾患者借火。米莉那张绷起的脸警告他不要抽烟，于是，他用口哨吹起了《没有特殊的地方可去》，以此来给自己解压。他在去雷迪森酒店的路上，又看了一遍打印出来的登载在《坦帕湾时报》上的文章。他经常看这篇文章，以至于上面的字已经被手指弄得模糊不清了——他回去的时候，虽然不知道那是什么时候，不得不向伊薇特抱怨一通墨粉或诸如此类的东西。"佼佼者搬家公司"会有未来，抑或就此打住。

新闻发布会在早上十一点举行。据报纸报道，埃莉诺的警长将汇报调查墓地的最新情况，南佛罗里达大学的考古学教授将就死去男孩的法医检查结果发表讲话。此外，一些去过"白宫"的男孩会到那里做证。在过去的几年里，他一直通过他们的网站关注着他们的活动——聚会、他们在学校生活的故事，以及他们为了被人们认可所做出的努力。他们想让州政府道歉并建立纪念碑。他们想要被人们听到。他之前觉得他们很可悲，悲叹四五十年前发生的一切，但是他现在意识到，他自己可怜的处境让他感到反感，当他看到这个地方的名字和图片时，他是多么害怕。无论是现在还是过去，无论他面前的是什么，他曾在埃尔伍德和其他男孩面前假装镇定。但他其实一直都很害怕。他现在依旧害怕。佛罗里达州政府在三年前关闭了那所学校，现在一切都大白于天下了，仿佛所有人，所有男孩，都必须等到这所学校倒闭之后，才能说出这一切。现在，这所学校再也伤害不到他们了，再也不会在午夜把他们抓起来残酷地对待他们了。它只会用过去那套老方法伤害他们。

网上说话的都是白人。谁来为黑人发声呢？到了该某人发声的时候了。

他在晚间新闻里看到了那些场地和可怕的建筑，他不得不回去。无论发生什么，他都要把埃尔伍德的故事说出来。他是一个通缉犯吗？特纳不懂法，但是他从不会对体制的诡诈掉以轻心。过去不会，现在也不会。该发生的都会发生。他会找到埃尔伍德的坟墓，告诉朋友自己的生活——埃尔伍德在那片牧场上被杀后自己的生活。那一刻一直在特纳的脑海里浮现，并且深刻地改变了他的生活轨迹。告诉警长他是谁，并把埃尔伍德的故事，以及当他试图阻止他们的罪行后，他们对他做了什么全都分享出来。

告诉去过"白宫"的男孩们，他也是他们中的一员，就像他们一样，他幸存下来了。告诉那些关注这件事的人，他曾经住在那里。

雷迪森酒店坐落在市中心门罗大街的街角。那曾是一家旧旅馆，他们往上加盖了好几层楼。深色的现代窗户和新盖部分的棕色金属壁板与底下红砖搭起的楼层非常不搭调，但这总比拆除这个地方，重新盖一幢要好。这些天来，这样的事情太多了，尤其是在哈莱姆区。他们将所有见证历史的建筑夷为平地。这家旧旅馆的地基打得很好。他已经很久没有看到他年轻时见过的南方建筑了，开放式的门廊和白色的阳台像彩带一样在楼层间环绕。

特纳登记入住。他打开手提箱，肚子咕咕叫起来，随后他就下楼，来到了酒店的餐厅。现在吃饭，时间不早不晚。服务员懒洋洋地站在候餐区边上，她是一个脸色苍白、头发染成黑色的十几岁的女孩。她穿着一件他从未听说过的乐队的T恤，黑色的，上面印着一个笑着的绿色骷髅。某种重金属摇滚乐的东西。她放下杂志说："您随便坐。"

这家连锁酒店把这里原本的餐厅重新装修成了现代风格，用了很多可擦洗的绿色塑料。三台斜挂的电视机从不同的角度唠叨着同一个有线电视台里的新闻，新闻播报的是坏消息，新闻向来都是报告坏消息的。此外，还有一首20世纪80年代的流行歌曲从看不见的扬声器里传出来，这首曲子是上一首的电子合成版。他看了看菜单，决定要一个汉堡包。这家餐厅的名字——金发女郎餐厅——写在菜单前面，再往下，则是用金色的字体书写的一段关于这个地方的简史。那上面说，先前这里是里士满酒店，它曾是塔拉哈西的地标性建筑，为了保存这座宏伟的古老建筑的精神，他们付出了极大的努力。接待处旁的商店出售明信片。

如果不那么累的话，他可能会从他小时候听过的一个故事中认出这个名字，这个故事讲的是一个喜欢在厨房里读冒险故事的男孩，但他没想起来。他饿了，这里会全天供餐，这就够了。

致　谢

　　这是一部虚构小说，所有角色都是我虚构的，但是这个故事受到了发生在佛罗里达州玛丽安娜市"多齐尔男子学校"事件的启发。2014年，我第一次听说这个地方，随后发现了本·蒙哥马利发表在《塔帕湾时报》上的那篇详尽报道。我查阅了报纸档案，获得了第一手资料。蒙哥马利先生的文章让我找到了埃琳·基默勒博士和她在南佛罗里达大学考古专业的学生。他们对墓地所在地展开的法医研究非常有价值，这些研究收录在他们撰写的《对佛罗里达州玛丽安娜市前亚瑟·G. 多齐尔男子学校死亡和埋葬事件的调查报告》中。这篇报告可在该大学的网站上查看。在写埃尔伍德在医务室阅读学校的小册子这部分时，我引用了他们关于学校日常活动的报告。

　　Officialwhitehouseboys.org是"多齐尔"幸存者建立的网站，你们可以在上面找到以前在那里读书的学生口述的故事。我在第四章写到斯宾塞在描述他对纪律的态度时，引用了"白宫"男孩杰克·汤斯利的话。罗杰·迪恩·凯泽的回忆录：《"白宫"男孩：一个美国悲剧》、罗宾·加比·费希尔的《身处黑暗的男孩：美国南方腹地的背叛与救赎故事》（与迈克尔·欧麦卡锡、罗伯特·W.斯特拉利合著）都是出色的记述。

纳撒尼尔·佩恩在《绅士季刊》上发表的文章《活埋：来自单独监禁内部的故事》中，采访了一个名叫丹尼·约翰逊的囚犯，他说："在单独监禁室的悲惨遭遇现在每天都在我身上重演，从我早上睁开眼开始。"约翰逊先生被单独监禁了二十七年。我在第十六章对这一引用稍做了改动。前监狱看守汤姆·默顿在他与乔·海姆斯合著的《罪行同谋：阿肯色监狱丑闻》一书中谈到了阿肯色州的监狱系统。这本书提供了看待监狱腐败问题的基本视角，也构成了电影《黑狱风云》的故事基础，如果你们没有看过这部电影，应该找来看看。多年以来，朱莉安·黑尔的《历史上的弗伦奇敦：塔拉哈西的腹地与遗产》一直是一部记录非裔美国人社区生态的精彩历史。

我在小说里引用了许多马丁·路德·金牧师说过的话，能听到他的声音在脑海里回荡，让人振奋。埃尔伍德引用了他在种族融合学校青年游行前的讲话（1959年）；1962年发行的《马丁·路德·金在锡安山》的黑胶唱片，尤其是有关"欢乐小镇"的部分；他的《从伯明翰市监狱发出的信》，以及1962年在康奈尔大学的演讲。詹姆斯·鲍德温所说的"黑人也是美国人"出自《成千上万个人逝去了》，该文收录于《土生子札记》。

我当时想了解1975年7月3日的电视节目。《纽约时报》的存档文件里有那天晚上的电视节目表，于是我便找到了一块稀世珍宝。

这是我和双日出版社合作的第九本书。非常非常感谢我那位工作出色、令人尊敬的编辑和出版人：比尔·托马斯。感谢迈克尔·戈德史密斯、托德·道蒂、苏珊娜·赫兹、奥利弗·芒迪，以及马戈·西克曼特多年来对我的鼎力相助，感谢他们的辛勤付出，以及对我的坚定信念。感谢杰出的经纪人妮科尔·阿拉吉，没有她，我只是又一个流浪作家，感谢格雷丝·戴奇和阿拉吉团队的所有成员。感谢书友会那些善良的书友的鼓励之词。由衷地感谢我的家人——朱莉、玛蒂和贝克特。能在生活中与大家相伴，实乃本人之幸事。

译后记

1900年,一座名为"亚瑟·G. 多齐尔男子学校"的教养院建立,该校也是美国佛罗里达州的第一座少管所。多年后,一支大学考古队意外地发现了这所学校的一处墓地,才将此地掩盖了一个多世纪的罪恶公布于众,该校因此于2011年正式被查封。作家科尔森·怀特黑德看到相关报道后,以此事件为原型,写出了《黑男孩》一书。图书出版后,热度不减,并于2020年斩获"普利策小说奖"。

据当时的新闻报道,在亚瑟·G. 多齐尔男子学校的校园内挖掘出许多具非裔美国人的尸骸,且有证据表明,遇害者死于谋杀,并有明显的受虐痕迹。《黑男孩》以此为切入点,故事情节展开于一个名为"尼克尔"的学校里的一片"隐秘墓地"。无疑,尼克尔的原型就是亚瑟·G. 多齐尔男子学校,怀特黑德虽然也创作过非虚构作品,但这一次,他创作的是一部小说,需要动用"虚构"的力量。

为了写好这部小说,怀特黑德对此事件展开了深入的调查,他后来告诉记者:"我越是深入此书的创作,就越感到压抑和愤怒,恨不得拿着汽油和火把冲到那个地方去。"想必读者在接触这类题材时,首先激起的肯定也是愤怒和压抑。但作者在小说中显然没有囿于这些。除去这些,怎样引起读者的反思,并将它以小说的虚构性体现出来,才是写作的关键。

小说的虚构性远非更换了学校的名字这么简单。《黑男孩》的英文原名为"Nickel Boys"。"Nickel"一词一语双关:其一,指的是小说中那所学校的名字;其二,Nickel原意是"五分镍币",小说点明了其用意:"这里的男孩之前总说这里之所以叫这个名字,是因为他们的命连五分钱都不值"。作者突出的是来到这所学校的男孩的命运之卑贱。除去"尼克尔"一词之外,更值得关注的"男孩"(Boys)在原文中是复数。

小说的时代背景设定在"吉姆·克劳法"被废除的年代。吉姆·克劳具体指涉何人,在美国历史上众说纷纭,其中一种说法认为,所谓的"吉姆·克劳"是一个名叫赖斯的白人在舞台上扮演的南方黑人角色。这个白人故意将自己的脸抹黑,学着黑人的姿态跳舞,一时间成了美国街头巷尾喜闻乐见的娱乐节目,久而久之,"吉姆·克劳"就成了黑人的代名词,更成了黑人文化的符号。后来美国政府通过了各种针对黑人的种族隔离法案,这些法案被统称为"吉姆·克劳法"。甚至在特定的时候,"吉姆·克劳"就是"种族隔离"的代名词。直到20世纪60年代,伴随着民权运动的展开，"吉姆·克劳法"才得以废除。怀特黑德将小说设置在歧视性法案被废除的年代，真正想要触及的还是他一贯关心的主题：种族问题和美国历史。换言之，复数的男孩都是一个人："吉姆·克劳"，他们都是生活在特定历史时期的一类人。

此外，小说开始于一场意外的考古发现，虽然如前文所说，这一设定有具体的真实事件为依托，但作为小说的场景，也可视为带有明显隐喻性的一个"原初场景"。考古挖掘的不是稀世珍宝，也不是辉煌的过去，而是一段被掩盖的屈辱史。对于所有死者来说，他们或许连生前的名字都无法保留，只有一个复数的称呼：尼克尔男孩。非裔美国人生前是"吉姆·克劳"，死后是一个集体性的称呼，他们被代表，被掩埋，消失在历史中。从这个意义上来说，怀特黑德也在进行一场考古活动，他要将小说嵌入历史和现实之中，赋予死者以姓名的尊严，并给予屈辱的"吉姆·克劳"以血肉的正义，进而迸发出更深层的真实，就如同他的偶像加西亚·马尔克斯一样。

值得指出的是，"吉姆·克劳法"被废除的年代也是黑人在纽约哈莱姆区进行文学艺术复兴的年代。著名黑人诗人兰斯顿·休斯在《哈莱姆》这首诗中曾写过这样的诗句："延时实现之梦会变得怎样？是否会如暴晒下的葡萄般变得干枯？"尽管随着民权运动的兴起，黑人能在文学艺术上发声，但他们自己的历史和屈辱，依旧如同烈日下的葡萄那样，因为被遗忘而脱水、缩小，即便无法被彻底去除，也会渐渐成为一个隐没的黑点。从这个意义上来说，科尔森·怀特黑德是在通过小说，不断给这颗脱水的葡萄注入水分：打破"吉姆·克劳"的符号性，并唤醒被人遗忘的死者。

主人公埃尔伍德的家庭本身就是一个需要进行挖掘的"考古现场"，他的父母、外祖父等家庭成员的经历本身就是美国历史的沉淀。作者通过寥寥数语，勾起黑人持续在美国遭受歧视的过往。埃尔伍德因一个偶然的机会，获得了一份礼物——马丁·路德·金的演讲唱片，从而成了有望打破家族命运的人。绝非巧合的是，作者在赋予改变埃尔伍德摆脱命运之偶然的同时，也给了他堕入厄运的突然：埃尔伍德仅仅因为搭车而被认为是偷车贼，从而进入了尼克尔教养院。偶然得到的幸运，突如其来的荒诞，这两点使埃尔伍德身上最显著的特质——坚定——得以放大，这不仅仅构成了这部小说的叙事内驱力，也成了人物身上最具个性的特质。只不过，这种特质如果被无限放大，整部小说就会显得僵硬，人物就会显得单一，似乎有以一种符号打破另一种符号之虞。但小说的另一个主人公特纳的出现无疑化解了这一潜在的缺陷。与埃尔伍德相比，特纳世俗、隐忍，甚至有些得过且过的意味，他不仅能在噩梦般的教养院里拥有自己的一片天地，并无数次地躲过可能的处罚，还时不时地给埃尔伍德的认真和坚定泼冷水。从某种意义上来说，这一点恰恰也拯救了埃尔伍德。两个人在尼克尔结识、互相了解的过程，也代表着黑人群体中对待暴行的两种态度逐渐融合的过程，这不仅让读者可以在这两个人身上安插自己的视角，从而在一定程度上消解了沉痛的故事背景带来的压抑感，也让小说的情节显得跌宕起伏，展现出了科尔森·怀特黑德的小说创作才华。

此外，更值得指出的是，这两个人最后的"结合"更具有小说主题上的升华。怀特黑德并非想鼓吹要从尼克尔逃出来，需要坚定的勇气和善于周旋的头脑的结合，而是想要突出一种"转变"。埃尔伍德的坚定使得他摆脱了家庭的命运，也逃离了尼克尔的厄运，换言之，让他避免成为另一个"吉姆·克劳"。而他在"特纳"身上的"复活"，不仅让特纳继承了他的坚定（这对特纳来说是最大的改变，细心的读者可以对比小说最后几章作者语言风格的改变），而且让自己不至于最终成为一名死者，遁入被遗忘的角落。这种转变借由小说写作特有的人称转变来完成，无疑是小说中最为高光的一笔，在主题和形式上进一步凸显了怀特黑德用文学关怀现实的情怀。

怀特黑德曾在采访中对《时代周刊》的记者说，他希望通过写作这部小说，唤起最广泛的人群对种族问题的关注。他说："政客们迎合人们最基本的偏见……因为利用人们的恐惧以及人们身上非理性的弱点，比做一些对人们有利的事更有力量。当那些诡计多端的人想方设法地划分他们的州,以剥夺有色人种的选票时;想方设法地关闭某些投票站,使人们很难抽出时间去登记或投票时,我们也在一起……"

由此可见,复数的"男孩"既指一个人身上的他们,也指他们身上的一个人;既指生者存有死者未尽的使命,也指死者蕴含生者改变未来的秘密;既指你,也指他,更指我们。

本书中文简体版能够顺利出版,承蒙多位编辑的信任。他们认真负责的态度,使得最初不成熟的译稿,经过几次修改之后得以面世。诚然,怀特黑德的语言风格多变,译者难免会在翻译过程中留下些许不到位的地方,恳请读者诸君批评指正。

林晓筱

2020年7月15日

于杭州

在喧嚣的世界里,
坚持以匠人心态认认真真打磨每一本书,
坚持为读者提供
有用、有趣、有品位、有价值的阅读。
愿我们在阅读中相知相遇,在阅读中成长蜕变!

好读,只为优质阅读。

黑男孩

策划出品:好读文化　　　　监　　制:姚常伟

产品经理:程　斌　　　　　　特邀编辑:刘　雷

封面设计:宋　璐　　　　　　内文制作:尚春苓

图书在版编目（CIP）数据

黑男孩 / （美）科尔森·怀特黑德著；林晓筱译
. — 杭州：浙江人民出版社，2022.7
ISBN 978-7-213-10332-2

Ⅰ. ①黑… Ⅱ. ①科… ②林… Ⅲ. ①长篇小说—美国—现代 Ⅳ. ① I712.45

中国版本图书馆 CIP 数据核字（2021）第 227608 号

浙江省版权局
著作权合同登记章
图字：11-2021-226 号

THE NICKEL BOYS: A NOVEL by COLSON WHITEHEAD
Copyright © 2019 by COLSON WHITEHEAD
This edition arranged with THE MARSH AGENCY LTD & Aragi Inc
through BIG APPLE AGENCY, LABUAN, MALAYSIA.
Simplified Chinese edition copyright:
2022 Beijing Goodreading Culture Media Co., Ltd.
All rights reserved.

黑男孩
HEI NANHAI

（美）科尔森·怀特黑德　著　林晓筱　译

出版发行	浙江人民出版社（杭州市体育场路 347 号　邮编　310006）
责任编辑	张世琼
责任校对	杨　帆
封面设计	宋　璐
电脑制版	尚春苓
印　　刷	三河市冀华印务有限公司
开　　本	880 毫米 × 1230 毫米　1/32
印　　张	8.25
字　　数	155 千字
版　　次	2022 年 7 月第 1 版
印　　次	2022 年 7 月第 1 次印刷
书　　号	ISBN 978-7-213-10332-2
定　　价	49.80 元

如发现图书质量问题，可联系调换。质量投诉电话：010－82069336